ALLER SIMPLE

DU MÊME AUTEUR

Aller simple, Moisson Rouge, 2009.
Nager sans se mouiller, Actes Sud, 2010.

Ouvrage publié avec la collaboration
de Nelly Bernard

Titre original :
Camino de ida

ISBN 978-2-7427-9313-6

CARLOS SALEM

ALLER SIMPLE

roman traduit de l'espagnol
par Danielle Schramm

BABEL NOIR

A Nahuel et à Africa,
même s'ils ne le sauront jamais.
A Cristina Macía, ma marraine-sorcière
et meilleure lectrice.
A Osvaldo Soriano, in memoriam.

PREMIÈRE PARTIE

Yo sé que ahora vendrán caras extrañas,
con su limosna de alivio a mi tormento.
Todo es mentira,
mentira este lamento,
hoy está solo mi corazón.

CARLOS GARDEL/ALFREDO LEPERA
Sus ojos se cerraron

(Buenos Aires, 1911)

Il se sent mal, le pauvre. Il aimerait porter un costume de meilleure qualité que celui-ci, unique et usé. "Mais propre, ça oui." Il connaît les rues qu'il parcourt parce que ce sont celles qui l'ont vu grandir, autour du Mercado de Abasto. Mais c'était d'autres temps, ceux d'hier, quand tout n'était qu'un jeu, comme chanter dans la gargote des Traverso en échange d'un café et de quelques verres. Maintenant, c'est différent, et il le sait.

Il arrive rue Guardia Vieja et, encore une fois, il doute. Avant de frapper à la porte du pianiste Gigena, il se dit que c'est un piège, une blague cruelle pour se divertir à ses dépens. Mais il frappe.

En entrant, il récupère un peu de son aplomb, parce que dans les yeux de ceux qu'il connaît, plus vieux que lui, il détecte une lueur d'admiration qui le déconcerte. Il se regarde rapidement dans le miroir qui lui renvoie l'image d'un visage jeune aux cheveux noirs tendus par la gomina et à l'expression grave de celui qui sait qu'il va perdre. Il cherche un bouclier, quelque chose qui le délivre de sapeur, et c'est un sourire qui surgit. Il le laisse, posé sur ses lèvres, et s'approche du groupe.

Il devine la tension amicale qui règne dans l'atmosphère et ses hôtes l'entourent nerveusement. On dirait les soigneurs d'un mauvais boxeur qui le prépareraient à recevoir la raclée de sa vie à Luna Park. Il renforce son sourire pour que personne ne voie qu'il est terrifié. Il passe sa main sur le pli de son pantalon et cela le rassure, parce qu'il est impeccable. Ce n'est pas pour rien que sa mère a la réputation d'être la meilleure repasseuse de Buenos Aires, "mais je vous promets quand même de vous acheter un jour un château dont vous serez la reine, mère", lui dit-il souvent sans y croire vraiment.

A l'autre extrémité de la salle, un groupe comme le sien, mais plus confiant, entoure un jeune homme qui lui semble plus âgé que lui, ne serait-ce que par l'aplomb avec lequel il se laisse adorer. Et il se sent peu de chose du haut de ses vingt et un ans effrayés. L'Uruguayen a une tête puissante et le regard tranquille de celui qui connaît son destin. On les présente et la façon même de le faire indique que l'homme est plus important que lui.

— Monsieur Razzano, dit Pellicer, c'est le garçon dont je vous ai parlé, celui dont tout le monde parle à l'Abasto. Comment t'appelles-tu, petit ?

— Carlos Gardel, répond-il avec difficulté, car il ne veut pas se défaire de son sourire.

José Razzano, El Oriental, *le jauge du regard et sourit.*

— Alors, tu es le fameux Morocho…

Il le laisse souffrir quelques instants, puis lui tend la main. Carlitos prie pour que la sueur de la sienne ne le trahisse pas. La réputation de José Razzano s'étend dans tout Buenos Aires, depuis le centre de son fief, au café El Pelado, et il est l'idole de Balvanera Sur. Bien sûr ses amis assurent qu'il n'est pas moins bien et que la ville parle déjà du petit Français qui chante dans le café des Traverso, du Morocho del Abasto *et même du* Zorzal*" *comme le surnomme pour rire le* payador** *Betinoti, ami de la* tertulia*** *du café Los Angelitos.*

Mais il a toujours pensé que ces compliments faisaient partie d'une comédie montée pour se payer sa tête ou lui extorquer des cigarettes, un verre de vin, ou une sérénade gratuite pour une jeune fille romantique. La ville ne peut pas parler de Carlos Gardel, parce que Gardel n'est rien. Buenos Aires est un énorme tas de pierres et les pierres ne parlent pas.

Quelqu'un offre une tournée et il boit son verre d'une traite. Maintenant, il sait qu'il ne craint pas le ridicule, il craint seulement de découvrir que son rêve n'est qu'une illusion. Mais ce rêve semble si réel dans les arrière-scènes des théâtres où l'on peut gagner quelques pesos, ou dans la fascination qu'il perçoit quand il chante dans les bastringues. Il se sent observé, on le teste.

* Le *zorzal* est une sorte de grive. Mais dans le cas du surnom de Gardel, on traduirait plutôt par rossignol.

** Chanteur ambulant typique de la région de la Plata.

*** Réunion dans les cafés, pour bavarder.

Razzano dit quelque chose et le silence se fait. Il sait que ces mots s'adressent à lui, parce que les autres le regardent. Une guitare apparaît et l'Uruguayen la réchauffe. Il en caresse les courbes et chante une milonga avec beaucoup de savoir-faire. Sa voix est nasillarde mais il sait s'en servir, et Gardel comprend qu'il est devant un artiste et qu'il va perdre ce duel qu'il n'a pas cherché et qu'il n'a pas pu éviter. Il plaque un sourire sur son visage pour ne pas crier et il applaudit quand Razzano termine d'un rasgueado* *final. Il lui tend la guitare et Carlitos vacille sur ses jambes tremblantes. Il gratte les cordes et il sait qu'elles sonnent mal, qu'il n'arrivera jamais à dominer vraiment cet instrument aux formes de femme. Il se trompe d'un ton.*

"Je veux mourir", pense-t-il.

Il s'éclaircit la voix et se sent à nouveau comme un enfant, quand il était chez les Salésiens et que les curés lui apprenaient à chanter pour s'attirer les bonnes grâces de Dieu et se faire pardonner le péché d'être né enfant naturel. Il se souvient du petit Indien muet, Ceferino Namuncurá, compagnon de tristesse ; tous les deux mélancoliques : le fils du cacique guerrier qui ne retournerait jamais à la pampa, le fils de rien qui n'avait nulle part où revenir.

Il ouvre la bouche et il chante, et sa voix est le pouvoir d'un autre, le don d'un prince, un luxe qui n'a nul besoin d'être nommé.

* Arpège.

Il le sait à travers l'expression des spectateurs, à travers la grimace distraite de Razzano et parce que le miroir, en face de lui, lui renvoie malicieusement le reflet d'un sourire qui jamais plus ne s'effacera malgré la souffrance.

Ils applaudissent à tout rompre et réclament une autre chanson. L'Uruguayen est sous le charme et ne s'offense même pas de ne plus monopoliser l'attention. Carlitos oublie toute pudeur et laisse aller sa voix, qui est le vent, qui est la pluie. On lui offre un verre et il le refuse. La nuit sera longue, se dit-il, et il lui faut ménager sa gorge car quelque chose est sur le point d'arriver.

Razzano propose une rencontre sur son territoire du café El Pelado, mais son ton est maintenant humble et il ne cache pas une proposition en herbe. Il parle d'une tournée à l'intérieur du pays et dit que ce serait bien, un duo Gardel-Razzano, maintenant que le tango commence à devenir quelque chose de sérieux.

Carlitos répond que oui, qu'il faut en parler, mais déjà on le réclame pour une autre chanson et il ose un tango. Il déverse dans son interprétation l'euphorie du triomphe et lorsqu'il termine, il sait qu'il les a tous éblouis. Un de ceux qui entouraient Razzano lui met la main sur l'épaule et dit :

— Petit, ne meurs jamais.

(Marrakech, une année paire de ce siècle)

Dorita mourut pendant sa sieste, pour achever de me gâcher mes vacances. J'en étais sûr. J'avais passé vingt de nos vingt-deux années de mariage à lui inventer des morts fantasmatiques. Et quand enfin cela arriva, ce ne fut aucune de celles que j'avais imaginées. Mettant de côté les attentats les plus divers, les poisons et les piranhas dans la baignoire, qui étaient surtout des exercices innocents de réconfort, j'avais toujours su qu'elle mourrait avant moi et dans un lit. Mais je ne pensais pas que ce serait comme cela, dans une ville inconnue, dans un hôtel qui mentait au moins sur une étoile, et de façon si soudaine.

J'avais toujours pensé que Dorita mourrait après une interminable agonie, qui me tuerait avec elle, emportant mes maigres économies et les quelques années qui me restaient, en exhalant sa rancœur dans son dernier soupir, les yeux ouverts et le mot "bon à rien" dessiné sur ses lèvres minces.

Mais non, elle n'était morte à la fin de sa sieste à Marrakech que pour achever de me gâcher mes vacances. Elle fit trois petits sauts sur le lit, des sortes de hoquets, et s'immobilisa. Je cachai mon roman policier sous l'oreiller, par pur réflexe, et je la regardai pendant un long moment. Sa poitrine monumentale et molle ne se soulevait plus sous la combinaison rose. J'attendis et j'entendis battre un cœur affolé, mais c'était le mien. Puis je me hasardai à toucher son poignet et je ne trouvai pas de pouls, mais je n'avais jamais su le faire. Tout à coup, elle fit un bond énorme, se redressa et poussa un cri étouffé. Elle essaya de descendre du lit mais, son mouvement à peine ébauché, la mort imposa sa loi et elle tomba violemment en heurtant de la tête la table de nuit. Elle roula sur la moquette et ne bougea plus.

J'aurais aimé avoir des cigarettes, mais il y avait quinze ans que je ne fumais plus. Elle ne me le permettait pas. Je marchai à travers la chambre, savourant une sensation de légèreté dont j'avais oublié le goût. Elle était morte, j'étais vivant. Cela méritait un verre. J'ouvris le minibar, guettant son cri exaspéré qui n'arriva pas. C'était l'épreuve du feu. Dorita, une bonne putain de fois, était bien morte.

J'avalai d'un coup le contenu de la minuscule bouteille de J&B. Un très ancien feu m'envahit. "Un seul verre pour Noël et que du *cava**, pas de champagne, Octavio, nous devons faire attention à nous, et en plus c'est meilleur marché." Je décapsulai une

* Sorte de champagne catalan.

autre bouteille miniature, de la vodka, et je la vidai elle aussi sans respirer. J'étais libre. Et sans m'être ruiné en piranhas Elle était morte de son propre chef, comme si l'accumulation de tant de mes pensées matinales lui était tombée dessus du sommet de la montagne d'années depuis laquelle j'attendais ce moment.

Une voix lointaine prononça quelque chose que je ne compris pas, dans une langue qui sonnait comme des feuilles sèches qu'on piétinerait. Je me penchai à la fenêtre et remarquai qu'il y avait peu de touristes dans la piscine. Au-delà des hauts murs de l'hôtel, Marrakech devenait de plus en plus gris dans sa pauvreté rougeâtre, saupoudrée de-ci de-là d'immeubles neufs et prétentieux. Je me demandai ce que je foutais là, dans un pays qui n'avait rien à voir avec moi et si loin de Barcelone. "C'est le voyage de ma vie, bon à rien, avait dit et répété Dorita. Je le mérite après tant d'années de médiocrité et je ne veux pas être moins que la poufiasse oxygénée du 3e D, qui, ça c'est vrai, a un mari correct, et qui part chaque été à l'étranger."

Morte, sur le tapis, un côté du visage déformé par le choc, Dorita ne ressemblait pas à quelqu'un réalisant le voyage de sa vie.

Mais elle ne ressemblait pas non plus à quelqu'un mort de mort naturelle.

J'avalai une petite bouteille de gin, en me demandant comment j'allais bien pouvoir expliquer tout ça aux employés de l'hôtel ou aux policiers au teint bistre et au regard torve qui, au cours des balades dans le souk, m'effrayaient plus que les éventuels voleurs. Je regardai par la fenêtre et n'aperçus aucun des touristes espagnols. Un type de mon âge mais au corps bien plus jeune que le mien sautillait en haut du plongeoir. Il avait une moustache fine, la peau sombre, et essayait de rentrer un ventre qui était en train de gagner subrepticement la bataille. Dessous, assise sur le bord d'une chaise longue, une femme arabe vêtue de noir, la tête recouverte d'un foulard, suivait, l'air inquiet, les mouvements de l'homme, sans toutefois perdre de vue quatre gamins turbulents qui jouaient au foot en se servant comme d'un but d'un panneau qui interdisait en cinq langues de jouer au foot au bord de la piscine. Près d'elle, une blonde sèche et usée s'offrait aux caresses du soleil qui n'en voulait pas ; plus loin se tenait un groupe de jeunes filles dont les seins nus défiaient les lois de la gravité. Le moustachu ne posait pas pour elles, mais pour une Suédoise (ce ne pouvait être qu'une Suédoise, avec ces petits seins fermes et ces jambes interminables) qui, de l'autre côté de la piscine, ne le regardait pas. Le type respira et remit sa panoplie en place dans son slip de bain. Sans savoir pourquoi, je l'imitai et je sentis que quelque chose durcissait dans mon caleçon. Je jetai un coup d'œil à Dorita, mais elle était toujours morte, avec toujours sur le visage ce petit sourire triomphant qu'elle exhibait chaque fois qu'elle me faisait une saloperie, c'est-à-dire tout le temps.

— Ta mort a été ton ultime affront, lui dis-je, me sentant poète vingt ans trop tard.

Le type à la moustache plongea, la femme au foulard applaudit discrètement. Les enfants applaudirent aussi et les filles au fond baillèrent. La Suédoise se redressa et avec elle ses seins dorés. Elle enduisit d'huile bronzante ses jambes, ses épaules et ses seins, et étira une main vers son dos, dans un geste incomplet. Un jeune homme musclé, genre italien, apparut et proposa ses services. Elle se coucha sur le ventre et le type à la moustache comprit que ce n'était plus la peine de se lancer dans un autre plongeon. Il se tâta quand même les couilles avant de retourner auprès de sa femme. Je fis de même, en évitant de regarder Dorita. Mes yeux ne quittaient pas les mains de l'Italien qui parcouraient le dos de la Suédoise et je fus saisi de vertige, peut-être à cause de tout ce que j'avais bu ou peut-être à cause des fesses de la fille. J'ouvris ma braguette et mon sexe surgit, raide, inconnu, comme s'il avait enjambé un abîme de plus de vingt ans. Je tapai avec sur le rebord de la fenêtre et me mis à rire. L'Italien massait effrontément le cul de la Suédoise et elle ronronnait, j'en étais sûr. Ils se parlaient, sans doute dans un anglais hésitant, mais leurs gestes étaient explicites et ils se comprenaient. Il restait deux heures avant le dîner. Ils montèrent dans la chambre de la fille, et là je l'embrassai sur tout le corps, je lui broutai la chatte comme jamais je ne l'avais fait avec Dorita, je lui fis lécher ma queue, ce qu'elle m'avait toujours refusé, et je la pénétrai tendrement, je la fis se mettre à quatre pattes et je la pénétrai avec calme et méthode, sourd à ses gémissements de douleur et de plaisir qui résonnaient à travers la chambre chaque fois que mon pelvis venait frapper son cul. Lorsque j'eus fini, les gémissements se mêlèrent à une lointaine et puissante ovation, comme si une foule criait gooaaal ! en applaudissant ma performance.

J'allai chercher dans la salle de bains une serviette avec laquelle je nettoyai la fenêtre. Puis j'ouvris le minibar, en sortis une autre bouteille de je ne sais quoi. Je pris une longue douche tiède tout en me demandant ce que j'allais bien pouvoir faire à présent. Comment déclarer la mort de ma femme, comment organiser le transfert de son corps, toute la paperasserie. Comment expliquer que sa blessure à la tête était fortuite, alors que je ne connaissais qu'une seule phrase en français et que je ne savais pas ce qu'elle voulait dire.

— *Voulévouscouchéavecmoa*, m'imaginai-je déclarer à un officier de police aux yeux comme des fentes et avec, sur le visage, cette expression de haine calme qui m'effrayait chez les Marocains.

Les cours de français, comme les réservations des hôtels et le choix du parcours, avaient été l'exclusivité de Dorita. “Pourquoi dépenser le double en professeurs, tu es si nul que de toute façon, tu ne comprendrais rien”, avait-elle dit.

Je me séchai soigneusement et revêtis la chemise voyante qu'elle avait achetée pour son frère “parce que pour porter ce genre de choses, il faut avoir de la carrure et de la classe”. Je poussai Dorita sous le lit et mis la climatisation au maximum.

— Je reviens dans un petit moment, ne t'en vas pas, lui dis-je.

Et ce qui me restait de biture me fit le cadeau d'un éclat d'un rire qui n'était pas de moi mais qui me plut.

En marchant dans le couloir tapissé de moquette jusqu'au plafond, dans le silence intemporel de l'hôtel, je me sentis plus rassuré. Ce ne serait pas si compliqué. Au fond, le Maroc était un pays moderne et moi un citoyen espagnol, un Européen, bordel. Je dédaignai l'ascenseur et empruntai la cascade moquettée de l'escalier. Ce serait facile. On trouverait un interprète et j'expliquerais tout. Je croisai un employé de l'hôtel qui me salua avec obséquiosité mais avec cette haine au fond des yeux. Si ce type avait pu, il m'aurait tiré dessus à coups de fusil. Je pensai au film que la chaîne de l'hôtel avait diffusé la nuit passée, *Midnight Express*. En arrivant dans le hall, j'étais démoralisé. Si au moins Dorita avait été là, elle aurait pu expliquer sa mort avec ce ton autoritaire qu'ont les petites femmes à gros nichons. Je délirais. J'avais besoin d'un verre. Le hall était presque vide et les gens s'agglutinaient dans les deux salles de télévision. Une excitation flottait dans l'air. Je m'assis dans un fauteuil à l'écart, pour réfléchir. La bande des filles de la piscine, pas beaucoup plus vêtues, sortit de l'ascenseur, tout en petits rires.

La plus grande était la plus jolie, la reine de la minijupe au milieu de ce bouquet de princesses. Je regardai ses jambes, et, alors que j'étais sur le point de l'emmener dans ma chambre pour la clouer sur mon matelas avec Dorita cachée sous le lit comme une paire de vieilles chaussures, elle fit un signe à ses copines et vint vers moi avec un sourire effronté.

— Tu me donnes du feu, chou ? dit-elle en réfrénant un fou rire et s'inclinant pour laisser ses seins déborder de son décolleté.

Je ne sus que répondre et ressentis une furieuse envie de fumer. Elle s'en alla vers le bar en riant très fort avec les autres. Elles se perchèrent sur les tabourets en balançant leurs longues jambes.

— Elles sont bonnes, hein ? dit un type assis à côté de moi.

— Oui, répondis-je.

— Elles nous chauffent, elles nous chauffent, mais à l'heure de passer à la casserole, plus rien…

Il avait l'accent argentin, un air rusé, était un peu plus petit que moi et avait l'air beaucoup plus jeune. Il avait les cheveux longs et grisonnants, coiffés en arrière, et sa mâchoire carrée se remarquait particulièrement parce qu'il parlait la tête redressée et le poitrail en avant, comme s'il voulait dévorer le monde.

— Soldati, Raúl Soldati, se présenta-t-il, en me tendant la main. Homme d'affaires et révolutionnaire. Pour le meilleur et pour le pire, chef.

— Octavio Rincón, répondis-je.

— Elles sont toutes pareilles, chef, toutes pareilles.

Je me dis qu'il devait être un peu saoul et je laissai filer.

— Toutes des putes, insista-t-il, sauf ma mère et mes sœurs, comme dit le tango.

Il me proposa à boire et je demandai un whisky. Il fit signe au serveur, murmura quelque chose, et le type apporta deux verres avec des glaçons et deux bouteilles d'eau.

— Bourbon ou scotch ? demanda Soldati.

J'étais un peu confus, mais le mot bourbon me fit penser aux romans policiers que je lisais en cachette de Dorita. Il ouvrit la mallette élégante qu'il avait à côté de lui. Je pus apercevoir des petites bouteilles de différentes marques et couleurs. Il en prit deux pareilles et d'un geste aisé remplit nos deux verres.

— Rien de tel qu'un bon room service, dit-il.

— Vous êtes à l'hôtel ?

— Non, je n'y suis plus.

Il avait l'air culotté, mais il m'inspirait confiance. Sûr qu'il aurait su quoi faire à ma place. Il parlait distraitement, attentif aux rumeurs qui arrivaient depuis les salles de télévision.

— Vous êtes triste, dit-il.

— Je suis triste depuis vingt ans.

— Une femme, sûrement. C'est toujours une histoire de femme.

Il eut l'air rêveur, comme accroché à un vieux souvenir. Et tout d'un coup, il éclata en sanglots.

— Qu'est-ce que vous regardez ? s'écria-t-il. Vous n'avez jamais été quitté ?

Je pensais à toutes ces années avec Dorita.

— Vous avez raison, je n'ai jamais été quitté.

— Aucune femme ne vous a jamais laissé ?

— Non, elle ne m'a jamais laissé rien faire.

Il prit deux autres petites bouteilles dans sa mallette et remplit mon verre sans rien me demander.

— Vous êtes un type bizarre, vous savez, Octavio ? Je ne dis pas ça seulement à cause de votre chemise...

— Vous la trouvez voyante ?

— Je la trouve horrible. Mais ça vous regarde. C'est comme ce mystère triste qui s'échappe du coin de vos yeux. Garçon ! Garçon ! cria-t-il.

Le serveur arriva en courant et ils échangèrent quelques mots en français, je suppose. Celui de Soldati avait une intonation différente et je crois qu'il se faisait comprendre surtout avec les mains. Il posa les petites bouteilles sur le plateau.

— Voulez-vous payer les bouteilles d'eau, s'il vous plaît ? Je n'ai pas de monnaie. Laissez un bon pourboire, Octavio. S'il y a de la misère, surtout qu'elle ne se fasse pas remarquer.

Je voulus protester, mais il n'était plus à côté de moi. Je le vis à l'autre extrémité du hall. Ses vêtements étaient usés, mais il se tenait comme s'il était le propriétaire de l'hôtel. Un couple âgé sortit de l'ascenseur, il les entraîna dans un coin. Il leur parla gravement, en hochant la tête. Il demandait des excuses, comme s'il leur accordait une faveur. Le couple de vieux, l'air confus, reprit l'ascenseur.

Je clignai des yeux. Soldati était à nouveau devant moi.

— Qu'est ce que vous attendez ? Je vous invite à dîner.

— Je… C'est que …

— Vous, il vous arrive des bricoles, mon vieux. Vous avez besoin de parler avec quelqu'un.

J'allais lui parler de Dorita, quand la rumeur d'une des salles de télévision se transforma en rugissement. Soldati courut vers la salle.

— Putain de bordel de merde ! s'écria-t-il en revenant. Ces Brésiliens ont une chance…

Je me souvins que quelque part, dans une capitale européenne, se disputaient les huitièmes de finale du Mondial de foot.

— Comment allons-nous ?

— Mal, Octavio, mal. Le match de l'Argentine ne passe pas en direct, mais il faut qu'ils gagnent contre l'Italie, et ils n'arrivent pas à en mettre un. En plus, les Allemands n'ont aucune chance contre le Brésil. Si ça continue, la finale se jouera entre l'Espagne et le Maroc. Ça vous semble sérieux ?

Il me prit le bras et m'entraîna jusqu'à la porte. Il souffrait pour sa sélection.

— Tout ça, c'est parce que le gamin ne joue plus. Je le lui disais, au *Pelusa*, c'est ce que je lui disais : “Diego, ne fais pas de conneries, fais attention aux mauvaises influences”, mais lui, rien…

— Diego Maradona ?

Il me regarda, l'air effaré :

— Il y en a un autre ? C'est un génie, mais bien sûr s'il n'a pas un bon impresario à côté de lui… Vous pouvez me dire à quoi a servi tout ce que je lui ai appris ?

Il me fit monter dans un car rempli de touristes en habits de soirée, qui était sur le point de partir. Nous nous assîmes à l'arrière.

— Allez, changez de mine, Octavio. Rien de mieux qu'un bon dîner et deux bonnes pouffes pour oublier les problèmes. Vous avez une chambre pour vous seul ?

— Techniquement, oui.

Le car démarra et je cherchai du regard la fenêtre de ma chambre. Il me sembla qu'elle était éclairée. Mais je devais me tromper. Quand le car tourna au coin de la rue, je vis que les vieux de l'ascenseur sortaient en courant. Ils gesticulaient. Soldati s'installa confortablement dans son siège.

— Détendez-vous, Octavio, soupira-t-il avec bienveillance. Mon père disait toujours : s'il y a de la misère, surtout qu'elle ne se fasse pas remarquer.

C'était une salle de réception avec un spectacle folklorique marocain. Avant d'entrer, notre guide nous fit quelques recommandations en plusieurs langues, dont je ne connaissais aucune. Il nous regroupa et nous compta. Il consulta une feuille et parut satisfait. Nous entrâmes avec plusieurs autres groupes sortis d'autres cars. Soldati attendit jusqu'à ce que les gens soient tous assis autour des tables basses et il réussit à nous trouver une place contre le mur.

— Il faut toujours avoir la porte en face, me dit-il. Et une sortie pas trop loin. Passez-moi un billet.

Je le lui donnai et il le fit disparaître dans la pochette d'un serveur en costume typique. Nos compagnons de table étaient des Hollandais et des Japonais, à part un couple de Boliviens et deux vieux qui me rappelèrent ceux de l'ascenseur. Ils ne quittaient pas l'entrée des yeux et consultaient sans cesse leur montre.

— Ça, c'est la vie, dit Soldati en trinquant avec moi. Je bus et ce n'était pas du thé vert à la menthe mais un whisky du minibar.

— Qu'est-ce que vous faites dans la vie, Octavio ?

— Je suis fonctionnaire. Dans une municipalité, près de Barcelone.

— Vous êtes catalan ?

— Non. Ma femme l'était, je veux dire, elle l'est…

— Quelle ville, Barcelone ! Quelle ville !

Je voulus lui dire qu'en vérité, j'habitais un petit bled des environs, et que mon travail consistait à recenser les naissances et les décès, mais il était lancé dans ses souvenirs des Ramblas et de la vie nocturne :

— Et les putes, Octavio, ah les putes !

Les plats commencèrent à défiler et, loin de la vigilance de Dorita, je me découvrais un appétit inédit. Le serveur venait toutes les cinq minutes et informait Soldati du déroulement du match. Match nul un à un. Les Argentins marquèrent un but et il proposa de trinquer. Je le suivis avec enthousiasme, parce que le whisky commençait à faire de l'effet. Les Japonais souriaient, les Hollandais s'emmerdaient et les Boliviens nous regardaient. Le couple de vieux était inquiet.

— Argentins ? demanda le Bolivien.

— Plus encore que le tango, répondit Soldati.

— Tourisme ? insista le type aux yeux bridés.

— Affaires, répondit Soldati, mystérieux. Mais ne m'en demandez pas plus, ce sont des sujets délicats.

— Monsieur aussi est argentin ? voulut savoir la Bolivienne.

— Non. C'est un haut fonctionnaire européen, en mission confidentielle, vous comprenez ?

Ils continuaient à nous étudier et j'eus envie de rire, pour la première fois depuis vingt ans. Les musiciens se trémoussaient dans leurs costumes colorés, en jouant une chanson interminable qui semblait être toujours la même. Un roulement de tambour demanda le silence et une femme sculpturale vêtue de voiles fit son apparition. Elle entama une danse du ventre ou je ne sais quoi, s'approchant du public pour qu'on glisse des billets entre ses voiles. Soldati en mit deux pour lui et un pour moi, bien que les trois fussent à moi. La femme venait chercher les touristes pour les faire danser et je sentis que Soldati me poussait. Nous nous joignîmes au groupe des Hollandais qui sautillaient et relevaient leur chemise pour imiter la danseuse.

— Ils sont sympas, les Boliviens, dis-je.

— Méfie-toi, Octavio, le type a un air de militaire. Ou pire.

La danseuse me prit par la main et m'entraîna au centre de la piste. Je dansais sans penser à rien et les rires du public me faisaient tourner la tête. Je crus voir Soldati se faufiler dans le couloir qui menait aux cuisines, suivi par le serveur, mais je n'y prêtais pas attention. J'étais heureux et saoul. Les yeux du Bolivien ne me lâchaient pas et, entre deux tours, je vis que le couple de vieux n'était plus à notre table. Je transpirais et riais avec la danseuse et ses seins qui dominaient le paysage. Ses hanches étaient infatigables et le rythme s'intensifia.

La musique s'arrêta brusquement.

Dans le silence, la voix tonitruante de Soldati s'éleva :

— Goooooaal ! Gooooaal, putain !

Il sortait de la cuisine, une vieille radio collée à l'oreille. Il sautait de joie et se planta au beau milieu de la piste :

— Fin de match ! cria-t-il. Argentine, trois, Italie, un !

Les gens applaudirent, plutôt par inertie, sans trop comprendre ce qui se passait. Le groupe s'écarta et les vieux de l'ascenseur apparurent, accompagnés des vieux de notre table. Ils montraient l'Argentin avec des cris hystériques. Soldati m'attrapa par le bras et m'entraîna vers la cuisine. Le Bolivien essaya de nous retenir. Soldati lui envoya un coup de poing comme dans les films et le Bolivien s'écroula.

— Pourquoi on s'en va ? demandai-je.

— Le soldat qui fuit servira dans une autre guerre, Octavio.

La Bolivienne me tira par la chemise, qui se déchira. Soldati se retourna et courut vers la porte d'entrée. Le groupe s'écarta, étonné, et nous laissa passer.

— Attendez, dis-je en passant près de la danseuse. Je me hissai sur la pointe des pieds, la saisis par la nuque et l'embrassai sur la bouche :

— *Voulévoucouchéavecmoa ?* lui dis-je.

Et je sortis en courant derrière Soldati.

Le taxi était une Mercedes énorme et déglinguée. Il faillit nous écraser mais un penalty nous sauva. Le chauffeur écouta vaguement les indications de Soldati, mais il ne démarra que lorsque que la radio eut fini de raconter comment le joueur avait loupé son tir. Je ne comprenais pas un mot, mais il me sembla que le ballon avait touché le poteau. Le chauffeur du taxi hocha la tête et mit le moteur en marche. Il n'avait pas l'air de remarquer notre allure de fugitifs ni ma chemise déchirée. Il conduisait, attentif au match, et il évitait les trous comme un attaquant qui sème la défense dans sa course vers le but.

— Il va falloir fêter ça, mon vieux, dit Soldati.

— Je ne sais toujours pas pourquoi on est parti, objectai-je.

— Parce qu'il y a toujours un moment où il faut partir, Octavio. Vous ne savez toujours pas, à votre âge, que la vie est un aller simple ?

Je ne répondis rien et il retourna à son euphorie d'Argentin qualifié pour les quart de finale, dans l'attente des prochains défis. Il échangea quelques mots avec le chauffeur, qui freina brusquement dans une avenue obscure, quand le Maroc failli marquer un but contre les Français. Mais là aussi, le ballon frappa le poteau.

— C'est comme le foot, Octavio, dit Soldati. Quand j'étais plus jeune, je pensais que la vie n'était que jeu et revanche ; un match aller et un match retour, comme vous dites. Mais c'est faux : il y a un moment et un ballon, et on le met ou on ne le met pas. Le reste, c'est du pipeau…

Il redevenait mélancolique, mais il écarta d'un geste de la main le souvenir de la femme absente et fut à nouveau le type agressif et sans retenue.

— L'essentiel, c'est qu'aujourd'hui on a gagné et qu'il faut fêter ça dignement ; je vais vous emmener dans l'endroit le plus chic de Marrakech, Octavio. Vous savez ce que disait mon père ?

— S'il y a de la misère, qu'elle ne se fasse pas remarquer ?

— C'est ça. Vous l'avez dit.

Un attaquant marocain s'échappa, je crus comprendre que c'était sur l'aile, et il courut en direction du but, jusque dans la surface de réparation. Le taxi imita sa trajectoire en montant sur le trottoir et en évitant les poubelles qui s'y trouvaient. L'attaquant s'arrêta brusquement devant le gardien, comme nous le fîmes à dix centimètres d'un camion garé. Le cri du commentateur n'eut pas besoin de traduction et nous fêtâmes avec le chauffeur le but du Maroc. Soldati sortit trois petites bouteilles de sa mallette et nous bûmes à la victoire. J'eus envie de lui demander où en était l'Espagne, mais je m'en abstins parce que je ne me souvenais plus contre qui jouait notre sélection.

Le trajet dura un bon bout de temps, parce que les Français se lancèrent dans une offensive féroce. Ils furent plusieurs fois sur le point d'égaliser et Soldati déclara qu'il n'était pas question d'abandonner notre "ami" dans cette angoisse. Nous bûmes de nouvelles petites bouteilles, à chaque fois que la malchance envoyait le ballon en dehors des cages, et quand le match arriva à son terme, avec un score de un à zéro pour le Maroc, l'Argentin proposa que nous trinquions à la "fraternité latino-américaine". Nous trinquâmes. Soldati dut insister pour que le chauffeur de taxi me fasse payer la course et, lorsqu'il nous laissa devant un luxueux bâtiment, nous nous dîmes au revoir comme si nous étions des amis d'enfance. Le taxi s'éloigna en faisant des zigzags sur le trottoir.

— Ce que je vous ai promis, Octavio : la Mamounia, l'hôtel le plus chic de Marrakech.

Il occupait tout un pâté de maison et, à la différence de mon hôtel, il n'était pas d'une hauteur excessive. Je devinais les coupoles, l'ocre des murs et le parfum de richesse qui le séparait du reste de la ville comme s'il s'était trouvé sur le sommet d'une montagne.

— Un hôtel international cinq étoiles, casino, boîte de nuit, piano-bar, et tout ce que vous voulez. Ça, c'est un hôtel, et pas cette merde pour touristes où je vous ai rencontré.

— Vous logez ici, Soldati ?

Il me regarda de travers.

— Vous vous foutez de moi, mon vieux ?

Je lui dis que l'endroit me paraissait merveilleux mais que je doutais qu'on me laisse entrer avec une chemise déchirée.

— Soldati va régler le problème, dit-il. Essayez ça.

Il me lança une veste chère, qui n'était pas la sienne. Je le regardais intrigué.

— Ça lui allait très mal, au Bolivien, expliqua-t-il. En revanche, vous… L'élégance, Octavio, n'est qu'une histoire de porte-manteau…

Il me fit essayer la veste qui était trop grande pour moi. Il affirma que ça ne posait pas de problème et il se mit à chercher quelque chose sur le trottoir. Il parlait tout seul, et j'eus l'impression qu'il chantait sans musique. Un tango, bien sûr. Il finit par trouver ce qu'il cherchait.

— Il n'y a rien qu'un Argentin ne puisse réparer avec un bout de fil de fer. J'ai un cousin qui travaille à la NASA, vous voyez ? Il n'est ni ingénieur ni technicien, mais quand ils ont un problème avec une fusée, ils font appel à lui. Des tenailles, un bout de fil de fer, et voilà. Les Yankees étaient si épatés qu'ils l'ont installé dans un bureau avec une secrétaire et tout le bazar. Ils lui ont acheté des tonnes de fil de fer de toutes sortes et de toutes qualités. Tout était enregistré dans un ordinateur et il suffisait d'appuyer sur un bouton pour qu'un robot aille chercher le rouleau de fil de fer flambant neuf que désirait mon cousin. Un jour, il y a eu un problème avec un lanceur. Il leur a dit que ces fils de fer n'étaient pas efficaces, que les bons étaient ceux qu'on trouve par petits bouts, dans des recoins quelconques, et que, s'ils étaient rouillés, c'était encore mieux. Mais, les Yankees insistaient, leur technologie et tout ça, donc mon cousin a réparé la fusée avec ce fil de fer américanochose et neuf. Une catastrophe, Octavio, une catastrophe. Vous vous souvenez de la navette spatiale qui s'est écrasée ?

— Ne vous vexez pas, Soldati, mais il me semble que cette histoire, vous l'avez lue quelque part…

— Vous savez quoi ? Moi aussi. Mais pourquoi pas : tout le monde me copie. C'est que nous avons chez nous de vrais inventeurs….

— Et votre cousin ?

— Ils n'ont rien pu faire, parce que les Yankees ont eu honte de reconnaître publiquement qu'ils réparaient les fusées avec du fil de fer. Mais ils l'ont renvoyé. Il se trouve que lui avait pris goût à la chose et il a émigré en Espagne.

— Et ça a marché ?

— Le bordel, Octavio. Pourquoi croyez-vous qu'on vous considère comme la Mère Patrie ? Mon cousin s'est très vite rendu compte qu'en Espagne aussi on répare tout avec des bouts de ficelle…

Tout en parlant, il avait réalisé une œuvre d'art avec la veste du Bolivien. On l'aurait désormais crue taillée pour moi. C'était une veste droite, mais il avait réussi à en faire un veston croisé et avait déplacé les boutons de telle sorte que je me sentis aussi élégant qu'un présentateur télé. J'essayais de penser à Dorita cachée sous le lit, mais je n'y arrivai pas. Avant de pénétrer dans l'hôtel, il cueillit une rose blanche dans le jardin et me la piqua à la boutonnière. Il glissa les mains dans les poches de ma veste et en sortit un agenda électronique, un gros portefeuille et une enveloppe également volumineuse. Il en examina le contenu.

— Bon Dieu ! Cette nuit, on mène la grande vie, Octavio ! Des dollars ! Un gros tas de dollars ! Putain de Bolivien…

— Vous croyez que c'est bien, Soldati ?

— Et… non. Mais vous avez des problèmes, je ne sais pas lesquels ; et moi, je traverse une période exempte de liquidités en attendant que mes multiples investissements commencent à porter leurs fruits. Ou vous préférez que nous retournions à votre hôtel ?

Je lui répondis que non. Lorsque nous entrâmes, le regard que nous adressa le portier était plein de respect et j'aurais juré qu'il me fit une petite révérence. Le hall était somptueux et en même temps authentique. Soldati m'entraîna en habitué. Il s'arrêta brusquement et me serra le coude. Il tremblait.

— Vous vous souvenez de Gardel ?

— Un peu.

— Et du tango *Por una cabeza* ?

— Je ne crois pas.

— S'il vous plaît, Octavio ! murmura-t-il désespéré. C'est une urgence. Ne serait-ce qu'une partie de la musique…

Je fouillai dans le fond de ma mémoire et sifflai sans beaucoup de conviction, mêlant des accords de *El día que me quieras*, parce que ça me rappelait une fiancée que j'avais eue avant Dorita. Peu importe, cela suffit, car Soldati se détendit et marcha d'un pas sûr.

— Ouf ! Je vous dois une fière chandelle, vieux ! Chaque fois que je passe devant un casino, ça m'arrive. Et s'il n'y a personne pour me chanter ce tango, je ne peux pas m'empêcher de rentrer et de jouer tout ce que je possède.

— Mais, on a les dollars du Bolivien…

— Ce ne serait pas correct, Octavio. C'est une chose de dépenser pour se faire des relations ou se faire une bonne paire de putes de luxe. Mais jouer ce pognon qui ne nous appartient pas à la roulette, ce serait immoral.

Nous entrâmes dans le piano-bar éclairé par des lumières tamisées et décoré de portraits de stars de cinéma. Un pianiste jouait quelque chose avec un ennui élégant, cependant qu'assis à une demi-douzaine de tables, les puissants locaux s'entretenaient avec des puissants venus d'ailleurs. Je n'aurais pas su les différencier. Nous nous assîmes et Soldati commanda un Chivas 12 ans d'âge.

— Qu'est-ce que je vous disais ? (Il étudiait le contenu du portefeuille.) Le Bolivien est attaché naval au Maroc. Un espion, Octavio, un espion ! Non, je n'ai pas encore perdu mon flair…

Je souris à l'idée que même la Bolivie avait des espions dans ce coin perdu du monde, mais il me rétorqua que maintenant que le mur de Berlin n'existait plus, ils devaient trouver d'autres destinations.

La musique me rendit bavard et je ne sais plus à quel moment je me trouvais en train de parler de Dorita, des années passées avec elle et de sa mort malvenue. J'ignore quels mots j'utilisai, car j'étais déjà un peu saoul, mais quand j'arrivai à la fin de mon récit, Soldati me regardait avec intérêt et même avec respect.

— Octavio, vous êtes un poète. Comment se fait-il que vous n'écriviez pas ?

— Elle ne m'aurait jamais laissé faire.

— Toutes des putes, dit-il, sentencieux.

— Sauf ma mère et mes sœurs, complétai-je.

Il me dit qu'il y avait deux options : soit je retournais seul en Espagne le plus vite possible et je tâchais de régler les choses de là-bas, soit j'essayais de retourner dans mon pays avec le corps de ma femme et je déclarais sa mort une fois arrivé.

— Je ne peux pas la laisser là.

— Vous avez raison. Même si c'était une salope, c'était votre femme. Le bordel, c'est comment faire pour que nous la sortions du Maroc…

— "Nous la sortions" ?

— Bien sûr, mon vieux. Je ne vais pas vous laisser tomber maintenant.

Je me sentis reconnaissant et je lui demandai ce qu'il faisait si loin de Buenos Aires.

— Les affaires. L'avenir est en Afrique, vous savez. C'est la seule région du monde où on peut faire fortune et la révolution en même temps. Est-ce que vous avez remarqué toute la misère qu'il y a dans ce pays ? Mais dans ce piano-bar, il y a plus de billets que dans une banque à Paris. Si je deviens milliardaire, je reviens et j'achète cet hôtel. Et si je fais la révolution, je le réquisitionne et j'en fais un hôpital.

— Laquelle des deux possibilités vous attire le plus, Soldati ?

— Le première qui se présentera, Octavio. A mon âge, je n'ai plus envie de perdre mon temps à des conneries. Je ne sais pas si je vais gagner ou si je vais perdre. Mais ce qui est sûr, c'est que ce sera un gros coup.

Il me parla vaguement de son exil, de ses péripéties et de ce qu'il appelait "l'aventure africaine". Il était venu pour faire des affaires autour du gazoduc, mais la plupart des bonnes occasions étaient déjà prises. Avec un autre Argentin, il avait monté un cinéma ambulant pour suivre le tracé des pipelines mais, à la suite de divergences de "tactique commerciale", il lui avait vendu ses parts peu avant de démarrer.

— Alors, j'ai eu l'idée de ma vie, Octavio. Un truc pour faire de l'or. J'ai acheté une carte, de celles qui indiquent les reliefs, les montagnes, les zones vertes. Et savez-vous ce que j'ai découvert ? Que la plus grande partie de ce pays et de ceux d'à côté n'est que désert et plaines arides ! Vous comprenez ?

— En vérité... répondis-je mécaniquement, parce qu'une Allemande avait tourné son artillerie vers nous et qu'elle avait croisé ses jambes très haut, montrant, montrant...

— Qu'est-ce qu'on peut vendre de mieux dans le désert, avec cette chaleur à calciner les lézards, Octavio, qu'est-ce qui se paierait à prix d'or, ce trésor éphémère, le rêve impossible devenu réalité ?

— Quoi ?

— Une glace, Octavio, une glace ! A la fraise, au chocolat, au citron. Vous imaginez la tête d'un Touareg mangeant un cornet de glace à la pistache ou un granité ?

— Génial, murmurai-je. Et comment ça a marché ?

— Une vraie merde. Savez-vous que ces gens passent leur vie à déménager ? Ce sont des nomades ! Chaque fois que je trouvais un campement, je vendais comme un fou ; mais quand je voulais revenir, il n'y avait plus que des dunes. Et pas un putain de poteau indicateur ! La seule façon de les suivre à la trace, c'était d'observer les cacas de chameaux. Un matin, j'en ai eu marre. Je me suis vu à genoux dans le sable, reniflant une merde de chameau, et j'ai imaginé les rires des troufions s'ils m'avaient vu, loin de Buenos Aires, dans une attitude si peu digne d'un révolutionnaire. Trois mois plus tard, je suis revenu à Marrakech et me voilà, essayant de vendre mon matériel. Vous voulez me dire ce que je peux bien faire maintenant d'un camion frigorifique ?

Nous eûmes la même idée, au même moment.

Je me levai pour aller aux toilettes. C'était de la folie. Je me demandais si je pouvais me fier à un type qui avait tout abandonné pour aller vendre des glaces dans le désert. Je pissai pendant un bon moment tout en éprouvant une sensation d'étrangeté, mais la nausée que j'éprouvais m'empêcha de vérifier mes impressions. Lorsque je revins à notre table, celle-ci était vide.

— Don Octavio, par ici, Don Octavio ! s'écria Soldati avec déférence.

Il était à la table de l'Allemande, assis au milieu du groupe, et il était le centre de l'attention. Et pourtant, lorsqu'il me présenta, il le fit comme si j'avais été un ministre. Nous nous rassîmes et je cherchai son regard pour essayer de comprendre ce qui se passait. L'Allemande était allemande et c'était la femme de son mari, un homme d'affaires possédant des intérêts dans le coin. Il y avait aussi un Belge ou je ne sais quoi, et les autres étaient des potentats locaux très empressés auprès du couple. Soldati se mit à parler de sa voix chantante, mais, avant chaque phrase, il me regardait obséquieusement comme pour me demander l'autorisation. L'Allemande me dit dans un espagnol approximatif que nous, les hommes d'affaires espagnols, étions uniques en Europe, et me demanda quand je pensais me rendre dans son pays. Soldati vint à mon secours en affirmant que Don Octavio préférait ne pas attirer l'attention, que mes visites étaient secrètes et rapides, mais que la prochaine fois que nous irions à Berlin, il ne manquerait pas de l'en informer.

Tous approuvèrent et la conversation se poursuivit. Soldati me citait dans des commentaires marginaux, en parlant assez fort pour que je puisse comprendre l'identité qu'il m'inventait. Ils parlaient tous en espagnol, comme une marque de respect à mon égard, et j'appris donc que j'étais un important cadre supérieur d'un groupe d'entreprises européennes qui étudiait la possibilité de réaliser des investissements au Maroc. Pendant un instant, j'eus envie que Dorita soit là et voie à quelles hauteurs j'étais parvenu.

Ce qui souleva l'enthousiasme général fut le coup de l'usine automobile. Soldati était mon secrétaire et il s'occupait des problèmes de terrain, parce que j'étais, comme tout génie, un peu distrait.

Je sentis un pied nu qui escaladait mon tibia et je poussai un petit gloussement. Mais je me dis que ça pouvait être l'homme d'affaires marocain aux longs cils et je me ressaisis. C'était l'Allemande, comme le clin d'œil suggestif qu'elle m'adressa me le fit comprendre. Son mari me demanda dans un espagnol guttural comment je voyais l'économie européenne et l'évolution des marchés nationaux avec leurs différents rythmes. Je répondis que je n'en avais pas la moindre idée, mais que sa question m'avait donné soif.

Soldati demanda du champagne pour gagner du temps et, quand le serveur commença la litanie des marques, je l'arrêtai à Moët & Chandon :

— Le champagne de James Bond, dis-je bêtement.

Tout le monde rit et l'Allemande se renversa un peu en arrière pour que son pied atteigne mon entrejambe. Je compris alors ce qu'était que l'érotique du pouvoir. Si la Suédoise de l'hôtel avait été là, elle se serait sûrement livrée à moi cette nuit-là.

L'Allemand insistait et l'Argentin essaya de changer de sujet, mais je le coupai d'un geste féroce. Après tout, c'était moi le chef.

— Mon travail est très simple, dis-je. Dans un gros registre, on note les naissances et, dans un autre, on note les décès. S'il y a plus de naissances que de morts, c'est une bonne année. Si c'est le contraire, nous devons encourager les gens à faire plus d'enfants, ou nous allons nous faire dépasser par ceux d'en haut.

Ils étaient bouche bée et Soldati proposa un toast. L'Allemande sursauta comiquement et retira son pied. Je compris que mon ami était passé à l'attaque et que je n'avais plus grand-chose à faire. La conversation se fragmenta entre deux ou trois groupes et l'Argentin ne tarda pas à se plonger dans une discussion sur le foot avec le Belge, à propos de je ne sais quel match du Mondial de 1982 en Espagne.

L'Allemand rappela la finale de 1990 en Italie et ils en vinrent presque aux mains. Soldati choisit alors une autre forme de revanche, et, à en juger par les gémissements contenus de l'Allemande, il devait être très habile de ses pieds.

Je commandai à nouveau du champagne et demandai qu'on fît la paix. Un des Marocains me consulta sur une affaire qu'il devait financer pour un gendre récent et bon à rien que sa fille avait ramené de France à la fin de ses études. Il ne voulait pas lui offrir la sécurité sur un plateau, mais il pensait qu'il fallait lui donner une chance.

— Envoyez-le vendre des glaces dans le désert, dis-je.

Un silence se fit et Soldati se servit de son pied libre pour m'envoyer un coup dans les chevilles. Ils me regardaient tous fixement et le Belge fut le premier à parler :

— Génial, murmura-t-il doucement comme si le mot risquait de se déchirer.

Le Marocain applaudit des deux mains et tous levèrent leurs verres à mon intelligence, cependant que Soldati offrait ses services d'intermédiaire pour l'achat du matériel nécessaire. J'étais euphorique et je répondais aux questions qui s'enchaînaient. Lorsque je proposai de nationaliser les mosquées, les Marocains s'offusquèrent un peu, mais l'un d'eux prit note de l'idée pour en parler à un cousin, ministre du jeune roi.

La musique se fit plus forte et une voix virile se lança dans un tango déchirant. C'était Soldati. Il chantait bien, avec tout son corps. Mes voisins de table applaudissaient à tout rompre. Il échangea quelques mots avec le pianiste, avant de nous offrir, à la demande de l'Allemand, le *"eran cinco hermanos y ella era una santa*.". Nous fîmes les chœurs de la partie qui dit *"arroró mi niño, arroró mi sol"*. Puis je demandai *El día que me quieras* et l'Argentin la chanta sans quitter des yeux l'Allemande. Il bougeait bien sur scène et je me dis que, parmi ses multiples métiers, il avait dû exercer celui de chanteur de cabaret. Il poursuivit son show, fredonnant la musique lorsqu'il ne reconnaissait pas les tangos que jouait le vieux pianiste. Je redemandai du champagne et nous trinquâmes, tout en accompagnant du pied le rythme de *Caminito.*

Le Belge demanda *Adios muchachos*, Soldati lâcha le micro, l'air scandalisé, et se saisit les testicules à pleines mains.

— Vous êtes fou, vieux ? Vous ne savez pas que ce tango est *mufa* ?

Il nous expliqua le sens du mot *mufa*, qui voulait dire poisse, mauvais œil, porteur de mauvais sort, et que ce tango avait été chanté par Gardel juste avant qu'il monte dans l'avion. Il avait l'air très triste d'un coup, mais il se reprit et nous appela auprès du piano d'un geste ferme. Nous chantâmes plusieurs chansons, en accompagnant au début la voix

* "Ils étaient cinq frères et elle était une sainte", paroles du célèbre tango *Silencio* que Gardel composa en hommage aux morts français de la guerre de 14-18.

puissante de Soldati qui, petit à petit, nous laissa chanter seuls. Nous continuâmes à boire et je faillis tuer l'Allemand d'un coup de bouteille sur la tête, lorsqu'il se lança dans une *bulería** insupportable. Je me rendis compte que ni Soldati ni l'Allemande n'était plus dans le groupe qui s'était agrandi avec l'arrivée des convives d'autres tables, au point de dissimuler complètement le piano.

Je m'éloignai discrètement et un serveur me regarda dans les yeux. Quelques heures plus tôt, cela m'aurait terrifié, mais à présent, j'étais Don Octavio. Je glissai un billet dans sa main et il m'indiqua respectueusement la direction des toilettes. J'entrouvris la porte de celles des hommes mais, alors que j'allais la refermer, j'entendis la chanson. J'entrai sans bruit et je les vis reflétés et démultipliés dans les miroirs qui recouvraient les murs. L'Argentin était appuyé contre un lavabo et il chantait à voix basse quelque chose qui ressemblait à une berceuse, pendant que l'Allemande, agenouillée devant lui, tenait son pénis dans ses mains et le léchait au rythme lent de la chanson. Soldati changea pour une mélodie plus rapide, sans doute une *chulería*** faubourienne, et la femme se mit à le sucer en suivant la mesure de la chanson. La main de l'Argentin caressait les cheveux de l'Allemande, mais quand l'intensité musicale se fit plus vigoureuse, il les saisit avec force en poussant sa tête contre lui. Il attaqua

* Air et danse andalous.

** Petite chanson espiègle et rapide.

le final avec quelque chose comme une marche ou un hymne. Et il explosa dans la bouche de la femme et marqua les derniers accords en chantant à pleine voix :

— *Oooooo jureeeemos con glo-ria mo-rir !**

Il redressa la tête et me vit :

— Ça ne va pas, mon vieux, vous êtes un voyeur ou quoi ?

Je reculai, affolé, et me cognai dans une porte. Je sortis dans le couloir.

— Eh ! Octavio, m'appela Soldati.

Son sexe flasque pendait hors de son pantalon, mais il était passé de la colère à la complicité.

— Vous voulez bien me prêter votre fleur, demanda-t-il. C'est que je suis un incorrigible romantique…

Il me demanda de l'attendre et nous retournâmes ensemble au bar. Le groupe continuait à chanter à tue-tête et ils étaient tous plus ou moins saouls. Nous nous joignîmes à eux et l'Argentin entonna une chanson grivoise bras dessus bras dessous avec le Belge et l'Allemand. La blonde arriva peu après et elle portait ma fleur entre ses seins.

* Dernier vers de l'hymne national argentin ("Nous jurons de mourir glorieusement").

Je ne sais pas comment nous nous retrouvâmes dans ce palais. Je me souviens que les Marocains ne nous laissèrent pas payer, que le couple d'Allemands se retira tout de suite après et que Soldati déclara que la nuit ne faisait que commencer. La suite se passa à l'intérieur d'une voiture grande comme un autobus. Avec même un minibar.

— Votre spécialité, Soldati, dis-je.

Les Marocains nous conduisirent à travers des ruelles inextricables jusqu'à un palais discret à l'extérieur et somptueux à l'intérieur. Le grand salon avait l'air de sortir d'un conte des Mille et une nuits et des danseuses presque nues défilaient devant nous. Je crus qu'il s'agissait d'un autre spectacle folklorique jusqu'à ce que Soldati me donne un coup de coude.

— Elles attendent que vous choisissiez, me dit-il.

Nos compagnons me regardaient et les danseuses aussi. Je pensais que nous étions les seuls clients du lieu et que ce serait très cher, mais je me souvins des dollars du Bolivien et de son regard de Chinois plein de mépris, quand j'étais pauvre et malheureux.

— S'il y a de la misère, qu'elle ne se fasse pas voir, déclarai-je. J'en veux deux.

— Octavio, mon vieux ! me félicita Soldati.

Je montrai deux filles minces et sinueuses, repoussant l'offre d'un des Marocains qui faisait l'amphitryon. Il voulait que je prenne la star de la maison, une petite menue aux seins énormes et au regard décidé.

— Avec celle-là, non, dis-je. Je ne pourrais pas.

Puis, encore de la musique, des boissons, et les deux filles assises à mes côtés. On nous apporta des sortes de fume-cigarette raccordés à des récipients très décorés. Soldati insistait pour prendre toutes les dépenses à son compte. Le groupe s'éparpilla le long de silencieux couloirs recouverts de tapis. L'Argentin avait choisi une grande jeune fille aux cheveux teints en rouge. Il me fit un signe et nous le suivîmes à travers un labyrinthe de tapis et de coussins jusqu'à un couloir sur lequel donnaient plusieurs portes. De quelque part arrivait une musique douce. Soldati me fit un geste de la main et entra dans une chambre. Mes deux filles m'amenèrent au milieu de fous rires jusqu'à une autre porte et je ne me souviens plus que du sol tapissé de pétales de roses, du parfum d'huiles épaisses et de l'énorme baignoire encastrée au centre de la pièce. Il y avait là aussi un de ces drôles de fume-cigarette et nous fumâmes. Puis je me réveillai dans la baignoire, nu, les deux filles s'embrassaient à côté de moi. Elles étaient belles et tout était paisible et luxueux.

Je me rendormis un petit moment. Des seins petits et fermes se collaient contre ma bouche et des mains douces caressaient mon corps, me dépouillant petit à petit d'années de frustration. D'autres mains cherchaient mon sexe et le massaient. Une bouche me trouva sous l'eau et je chantai quelque chose de tendre. Je sais que nous nous roulâmes dans la baignoire et que j'entrais en elles comme on entre au paradis et que je me sentais fort, généreux et beau. Elle gémissaient, se tordaient, tant et si bien que finissais par me croire surdoué. Contrairement à ce que je vivais dans mes rêves, ce don ne se traduisait pas par une frénésie de marteau-piqueur, mais par un rythme lent, heureux et généreux. Je jouissais et je compris qu'il était possible de mourir de bonheur.

Elle me firent me mettre debout et m'essuyèrent avec leurs langues et des serviettes. Je me souvins que je ne connaissais pas leur nom et le leur demandai. Saida avait une taille vertigineuse et des jambes interminables. Zuleima était belle, mais son air effronté était ce qu'on remarquait en premier. Quand elle tournait le dos, on oubliait son sourire devant le spectacle de son petit cul espiègle et dansant.

Nous fumâmes de nouveau et nous enfonçâmes dans un océan de coussins de soie. Saida prit mon sexe dans sa bouche et le suça avec des lèvres de miel, pendant que je léchais le sexe de Zuleima. Je me sentais fort et joyeux et prêt à les aimer toute la nuit et toute la vie. Je ressentis à nouveau l'étrange sensation, mais j'étais trop occupé à vivre pour pouvoir me poser des questions. Je cherchai entre leurs corps l'entrée de Saida et j'effaçai dix années de médiocrité en la pénétrant. Zuleima nous embrassait tous les deux et accompagnait en chantonnant comme une musique de fond les gémissements de Saida qui se tordait jusqu'à qu'elle finisse par jouir, épuisée. Nous tournions avec la planète et je partis à la recherche de Zuleima dans cet enchevêtrement amoureux de jambes et de sexes qui nous liait. Nous n'avions pas besoin de parler. Elle me sourit et se tourna sur le ventre en relevant son cul glorieux. Je la pénétrai et je fus encore plus jeune. Son sexe me serrait jusqu'aux limites de la douleur et elle aussi geignait tendrement. Et puis je me dis que tout ça était un beau mensonge, une adorable mise en scène payée par des dollars volés et rien de plus. Je me mis en colère, contre Soldati, contre moi, contre les filles. Je sortis de Zuleima et quand elle tourna la tête vers moi, les yeux rougis et la bouche ouverte dans un long gémissement, ma colère redoubla. Elle n'avait pas besoin de simuler pour se moquer d'un pauvre type comme moi, un bon à rien qui en vingt-deux ans de mariage n'avait pas pu arracher à sa femme le plus petit frémissement de plaisir.

J'écartai les fesses de Zuleima et je cherchai avec rage l'entrée de son cul. Elle parut effrayée et dit quelque chose qui ressemblait à une demande de clémence. Je ne l'écoutai pas et me mis à pousser depuis ce monde de haine de mes années perdues.

Alors la porte s'ouvrit.

Soldati avait l'urgence peinte sur son visage et ouvrit la bouche pour me dire quelque chose, mais il s'interrompit :

— Octavio ! cria-t-il avec admiration. Quelle putain de matraque, mon vieux, vous allez la tuer !

Ce fut comme si je me réveillais. Je pris conscience tout d'un coup de la sensation qui m'avait saisi plusieurs fois au cours de la nuit. Ma main palpa cette chose qui cherchait à s'enfoncer, demanda l'aide de mon autre main, et mes yeux m'assurèrent que le sexe énorme et victorieux qui essayait de pénétrer le cul de Zuleima ne pouvait pas être le mien.

Et pourtant je n'en avais pas d'autre. Je ne pus réfléchir, parce que Soldati m'obligea à attraper mes vêtements et me traîna à poil à travers les couloirs sans me donner plus d'explications. Rebondissant sur les murs tapissés, des cris rageurs se faisaient entendre. Nous essayâmes plusieurs portes, mais toutes étaient fermées. L'une s'ouvrit enfin et nous nous réfugiâmes dans une chambre. Le Belge, nu mais avec ses chaussettes, fumait un pétard assis sur un fauteuil et regardait avec délectation deux couples qui faisaient l'amour sur le lit. Il ne nous reconnut pas et nous invita à nous asseoir. Nous enfilâmes nos vêtements, mais je ne trouvai pas mon pantalon. Le Belge aperçut mon sexe, qui était toujours là, inconnu et énorme, et posa des billets sur la table. Soldati les prit et les mit dans sa poche.

— Qu'est-ce que vous faites ? m'indignai-je.

— Je gagne du temps pour que nous puissions nous habiller, Octavio. De plus, si je possédais quelque chose comme *ça*, je vivrais de mes rentes.

Les couples sur le lit continuaient leur affaire. Le Belge allongea sa main vers moi, et je ne bougeai pas. Il posa d'autres billets sur la table et avant que je puisse dire quoique ce soit, quelqu'un frappa à la porte et demanda quelque chose. Le Belge regarda Soldati, puis me regarda. L'Argentin prit les billets et je m'avançai d'un pas. Le Belge s'empara de mon sexe tout en adressant à la porte des paroles tranquillisantes. Les murmures inquiets s'éloignèrent le long du couloir. Je finis de mettre ma chemise et ma veste sans qu'il me lâche. Il me massait le sexe et le contemplait. Il me lança un regard interrogateur et je lui dit que non. Il demanda quelque chose en français.

— Il demande si vous acceptez les cartes de crédit, m'informa Soldati.

— Je vais le tuer ce Français de merde. Faites en sorte qu'il me lâche ou je le crève !

L'Argentin prononça quelques mots et le Belge se dirigea vers l'armoire.

— Qu'est-ce que vous lui avez dit, Soldati ?

— Que nous n'acceptons que les travellers chèques.

Il le poussa dans l'armoire et la ferma à clef. Les couples nous regardaient, intrigués, mais Soldati leur jeta une poignée de billets et ils nous oublièrent.

Nous sautâmes depuis le balcon jusqu'à la rue et nous mîmes à courir. Le matin se levait. Les fenêtres du palais s'éclairaient et des cris irrités s'en échappaient.

— Et cette fois, pourquoi est-ce qu'on part ?

— Parce qu'on ne peut faire confiance à personne, Octavio, dit l'Argentin essoufflé. Vous pouvez le croire, vous, que quelqu'un soit assez pourri pour se balader avec un tas de faux dollars ? Putain de saloperie de Bolivien !

La place commençait à bouillonner de couleurs et d'odeurs diverses. Les troupeaux de touristes n'étaient pas encore arrivés et le marché fourbissait ses pauvres atouts pour une nouvelle journée de négoce. Depuis le haut de la terrasse du café, Soldati et moi dominions la place. Entre deux verres, l'Argentin se mit à devenir philosophe :

— Voyez, Octavio : c'était comme ça il y a des siècles, et ce sera comme ça dans mille ans. La grande invention de l'homme, ce n'est ni la roue, ni le feu, ni la bombe à neutrons... La grande invention, c'est l'échange, l'achat et la vente, le trafic. Vous me suivez ?

— Non.

— Vous voyez cette tour ? C'est la Koutoubia, la sœur jumelle de la Giralda de Séville. Elle a un paquet d'années et c'est une œuvre d'art inégalée. Et qui s'est rempli les poches grâce elle ? L'architecte, l'artiste qui a créé ces formes géniales, le maître qui a dessiné cette merveille en collant un à un des milliers de petits morceaux de céramique ? Non, Octavio : celui qui s'est rempli les poches, c'est évidemment l'intermédiaire qui a cherché les esclaves, les matériaux, ou même les putes pour suborner les chefs d'équipe. Vous me suivez ?

— En vérité…

— J'ai toujours été un homme d'idées, dont quelques-unes étaient fabuleuses. Et aujourd'hui, je suis là, largué dans un café en plein milieu de l'après-midi…

Je le sentis si déprimé que j'essayais de le consoler.

— Ne soyez pas malheureux, Soldati. Un jour ou l'autre, il y aura bien une justice pour des hommes comme vous.

Il me regarda, offusqué.

— Vous vous foutez de moi ? Si on me rend justice à moi, ça sera pour me pendre par les couilles. Ce que je veux, c'est réussir quelque chose, une seule fois au moins dans ma vie, pour changer…

Alors que son pessimisme commençait à m'atteindre, il éclata de rire en se souvenant de nos aventures de la nuit précédente.

— La tête que vous faisiez quand le Belge vous agrippait la queue ! Ah ça, Octavio, quel outillage, on ne dirait pas à vous voir, sans vouloir vous offenser…

— Je vous jure que je ne…

Je me tus parce que je ne savais pas comment expliquer que ce sexe démesuré n'avait rien à voir avec moi avant la nuit dernière.

— Pensez aux petites Arabes et quand vous l'aurez raide, nous l'exhiberons et avec ça nous aurons gagné la journée.

Un groupe de policiers fit son entrée sur la terrasse, examinant les clients. L'envie de rire nous quitta et, quand ils furent partis, nous décidâmes qu'il fallait faire quelque chose, et vite. Soldati exposa son plan, pendant que nous marchions dans le souk :

— Avec ce que vous a payé le Belge, plus ce qu'il y avait dans le portefeuille, nous avons assez pour arriver en Espagne si nous ne faisons pas de folies. Pour les dollars que nous nous sommes partagés, il vaut mieux les garder au cas où, parce que les gens sont très méfiants et qu'il sera difficile de les fourguer. Par ailleurs, les organisateurs de votre "tour" vont peut-être remarquer votre absence, non ?

— Dorita et moi sommes venus à notre compte, en voiture.

— Depuis Barcelone ?

— Elle a insisté. Et en plus, ça lui permettait de m'insulter à chaque nid-de-poule…

Il ne dit rien et se mit à chercher quelque chose dans les ruelles étroites. Des gamins s'accrochaient à nos basques, nous demandaient des pièces ou se proposaient comme guides. A la fin, Soldati trouva ce qu'il cherchait et me fit entrer dans une échoppe étroite et remplie de vêtements traditionnels marocains.

— Il faut retourner à l'hôtel pour récupérer la défunte, non ? Sans compter que le Bolivien va peut-être retrouver notre trace.

Son idée était d'acheter deux djellabas pour que nous nous déguisions en Marocains. A cette heure-ci, quand la plupart des cars étaient partis en excursion, l'hôtel se remplissait de gens du cru qui accouraient pour faire des affaires dans la cafétéria. Soldati choisit un vêtement blanc et il trouva tout de suite comment entourer sa tête et son visage avec un chèche.

— N'est-ce pas que je ressemble à Valentino dans *Le Cheikh* ?

Je ne cherchai pas longtemps et m'achetai un costume d'un noir profond avec un chèche violet foncé. Le vendeur s'émerveillait de notre bon goût et un groupe de Marocains curieux nous regardait en rigolant.

— Avec ça, il y a peu de chance que ce bâtard de Bolivien nous reconnaisse, dit Soldati.

Nous retrouvâmes la fourgonnette de l'Argentin tout près de l'hôtel. La cabine du conducteur était remplie d'autocollants qui représentaient Eva Perón, San Cayetano et Che Guevara. Sur les flancs de la camionnette étaient peints en lettres colorées et compliquées les mots “Glaces artisanales El Zorzal Criollo”, accompagnés de ce que je supposai être l'équivalent en arabe. Dessous, un dessin représentant le visage de Carlos Gardel s'estompait derrière le sourire scintillant du chanteur.

Soldati laissa la camionnette à la sortie de service de l'hôtel et nous contournâmes le pâté de maisons pour entrer par la porte principale. Comme il l'avait supposé, les autocars n'étaient plus là. Le hall était plein d'hommes en djellaba qui parlaient en agitant les mains. L'Argentin entra avec une démarche de sultan, saluant de la tête à droite et à gauche, et je le suivis comme je pus. Alors que nous approchions des ascenseurs, le concierge nous cria quelque chose.

— Faites comme si de rien n'était, dit Soldati.

Mais deux types avec des airs de durs se dirigeaient vers nous, et derrière eux, il y avait le Bolivien. La porte de l'ascenseur s'ouvrit sur les filles de la piscine. Nous les repoussâmes à l'intérieur et appuyâmes sur les boutons jusqu'à ce que les portes se referment et que nous commencions à monter. Les filles nous regardaient, l'air terrifié.

— Merde, comment nous ont-ils reconnus ? demandai-je.

— Pas la moindre idée, Octavio. Mais il faut suivre notre plan. Ils n'ont peut-être pas trouvé la viande froide dans votre chambre.

Je lui demandai une cigarette, qu'il chercha dans la poche de sa djellaba. Il me proposa son briquet mais je le refusai. Je me tournai vers la reine de la minijupe :

— Tu me donnes du feu, beauté ?

La pauvre ne comprenait rien, mais elle essaya de sourire. Je me hissai sur la pointe des pieds pour l'embrasser, mais je n'y arrivai pas. Elle était trop grande.

— Allez viens, don Juan, laisse ça pour plus tard, il vont nous rattraper !

Nous sortîmes dans le couloir et courûmes jusqu'au pallier, à la recherche de la chambre de service. Un garçon d'étage apparut. C'était celui de la nuit dernière, il dit quelques mots à Soldati après avoir empoché deux billets.

— On est des cons, Octavio ! Savez-vous en quoi vous êtes habillé ? En Touareg ! Et moi en Sahraoui ! Ce sont les tribus les plus pauvres de Maroc et nous, on entre sapés comme ça dans un hôtel cinq étoiles !

Dès que le garçon se fut éloigné, nous courûmes dans la direction opposée à celle qu'il nous avait indiquée. Nous ne faisions pas confiance à discrétion. Du rez-de-chaussée venaient des cris furibonds, et des voix montaient de l'escalier. Nous nous cachâmes dans une chambre ouverte, en attendant qu'ils passent. Le Bolivien disait je ne sais quoi à propos de conflit diplomatique.

Le plan de Soldati était simple, mais il décrocha du mur le tableau qui représentait le plan de l'hôtel, pour l'étudier.

— Nous sommes de ce côté, non ? Et votre chambre se trouve dans l'aile ouest, deux étages plus haut. Donnez-moi votre clé. Bien. Dans dix minutes, vous allez allumer un feu dans la poubelle de ce couloir, vous voyez ? Juste sous le détecteur à incendie. Je profiterai de la confusion pour me glisser dans votre chambre, j'envelopperai la défunte dans une couverture et nous descendrons par l'ascenseur de service. Retrouvons-nous sur ce palier, vous vous souviendrez ?

Je lui répondis que oui, mais je n'étais pas très sûr, je gardai le tableau, pour pouvoir le consulter. Soldati sortit de la chambre, en me saluant le poing levé.

— Jusqu'à la victoire finale, Octavio !

— C'est ça, répondis-je.

Il s'éloigna en courant dans sa djellaba blanche qui volait derrière lui. Je comptai jusqu'à cent puis je partis dans la direction opposée. Au bout d'un moment, je trouvai l'endroit qu'il m'avait indiqué et le détecteur de fumée. La poubelle était vide. J'essayai d'ouvrir des portes, mais elles étaient toutes fermées. Je jetai un coup d'œil sur ma montre et décidai d'arracher des morceaux du papier qui tapissait les murs et j'en remplis la poubelle. Le papier ne voulait pas prendre feu. Des voix s'approchaient et je me cachai derrière une énorme jarre en terre cuite. C'était la Suédoise et son Italien. Ils s'arrêtèrent avant le couloir, devant la porte de la chambre, et commencèrent à s'embrasser. Elle leva la main vers la braguette du type et descendit la fermeture éclair. Il releva sa jupe et la caressa. Ils gémissaient et je compris qu'ils allaient le faire ici même. Je pouvais sentir la chaleur de leurs corps amoureux. J'enroulai mon chèche et le jetai dans la poubelle qui commença à fumer. Mais l'alarme ne se déclenchait pas. Je cherchai dans la poche de mon veston et je trouvai deux petites bouteilles du minibar : gin et vodka. J'arrachai encore quelques lambeaux de papier, je les enroulai avec ma djellaba, les jetai dans la poubelle et versai sur le tout le contenu des petites bouteilles. Le feu commença par s'éteindre. J'approchai mon briquet que je laissai bêtement tomber dedans. Le tissu était piqueté de minuscules braises, je soufflai dessus pour faire partir les flammes. Ni la Suédoise ni l'Italien ne se rendaient compte de mes manœuvres. Je pus voir du coin de l'œil qu'elle entourait de ses jambes la taille de l'homme et qu'elle s'appuyait contre le mur pour lui faciliter l'entrée. C'était une position difficile, mais le type y arriva en même temps que le feu prit d'un coup. Je jetai la poubelle au sol et les flammes s'éparpillèrent dans tout le couloir sans que l'alarme se mette à sonner.

Les rideaux s'enflammèrent rapidement, puis les tapis, qui, quoiqu'en disent les marchands du souk, étaient bien en synthétique, car ils s'embrasèrent sur le champ. Le feu bondit comme un fauve affamé, s'empara du couloir et de la cage d'escalier. La seule sortie possible était le couloir où s'activait le couple toujours à son affaire. Je m'arrêtai à côté d'eux et je touchai l'épaule de l'Italien, qui se retourna en sursautant. Le visage de pécheresse de ma Suédoise apparut, l'air courroucé. D'un mouvement de tête, je leur montrai le feu et dis :

— Un soldat qui fuit pourra servir dans une autre guerre.

Je partis en courant, le couple sur mes talons. La fumée nous rattrapa, comme si elle était poussée par une main énorme. Des gens commençaient à sortir des chambres. Dans la confusion générale, je réussis à arriver à l'autre extrémité du bâtiment, pendant que tout le monde s'empressait de descendre. Je montai deux étages et je trouvai ma chambre grand ouverte. Et vide. Pas de trace de Soldati. J'eus la tentation de rester là, en attendant que le feu arrive et mette fin à la misérable et fade tragédie de ma vie. Mourir, en fin de compte, avec Dorita.

— Et merde, dis-je.

Je partis en courant à travers le couloir et me retrouvai nez à nez avec le Bolivien.

— L'espion ! se mit-il à hurler à tue-tête. Par ici ! L'espion !

Je le frappai à la tête avec le tableau du plan de l'hôtel, que je ne me rappelais plus avoir gardé. Le verre explosa et je profitai de sa surprise pour lui envoyer un coup de genou dans les testicules, me disant que les agents secrets boliviens n'étaient pas grand-chose, après tout. Je courais dans la fumée et je ne savais plus si je descendais ou si je montais. Je paniquai et me sentis perdu, sans Dorita pour me dire ce que je devais faire, sans l'Argentin pour me raconter des bobards géniaux, sans même ce nouvel Octavio que j'avais été par moments la nuit d'avant. Je m'écroulai sur le tapis, aveuglé par le désespoir, attendant la mort comme un malheureux.

Un jeune couple me prit pour un vieillard et je crois que je l'étais. Ils m'entraînèrent avec eux, me traitant comme un grand-père, me protégeant du feu et de mes terreurs. C'était à peine plus que des adolescents et ils s'aimaient même au milieu d'un incendie. J'eus envie de leur rendre service en les poussant dans les flammes pour leur éviter les années qui vous transforment en Octavio et Dorita. Mais ils m'attendrissaient avec leur gentillesse et je me dis que, certainement, ils sauraient choisir le chemin juste quand ils arriveraient au croisement de leur vie. Si tant est que ce chemin existe. Je ne sais pas s'ils le trouvèrent pour leur vie, mais ils le trouvèrent pour nous sortir de l'hôtel en flammes.

Je les perdis volontairement de vue dans le désordre du le hall, pour ne pas leur compliquer la vie avec ma fuite. Je partis à la recherche de ma vieille Opel dans le parking de l'hôtel. Le portail était fermé. Je démarrai et appuyai à fond sur l'accélérateur. Je m'arc-boutai sur les freins pour ne pas écraser Soldati, qui traversait devant ma voiture.

— Qu'est-ce qui s'est passé, mon vieux ? Je vous avais dit de mettre le feu à la poubelle, pas à l'hôtel !

— Je…

— Vous me raconterez plus tard, dit-il en colère.

Il ouvrit le portail et sauta dans la voiture en marche.

— Soldati, je pensais que je…

— Soldati mes couilles, Octavio ! Vous me prenez vraiment pour un imbécile ?

— Pourquoi ?

— Parce que dans votre chambre, il n'y avait pas le moindre cadavre, voilà pourquoi !

Je ne savais pas quoi dire. Au coin de la rue, il descendit de ma voiture, entra dans sa fourgonnette et me fit signe de le suivre. Dans mon rétroviseur, je pouvais voir l'hôtel en flammes.

L'alarme se mit à sonner.

Nous quittâmes Marrakech et nous traversâmes de nombreux petits villages sans âme qui vive. Au bout d'une heure, nous nous arrêtâmes dans un bar bondé et crasseux. Personne ne fit attention à nous, parce que tout le monde regardait la retransmission d'un match à la télé.

Je jurai que je ne savais pas ce qui s'était passé avec le corps de Dorita et je lui racontai mes péripéties et ma rencontre avec le Bolivien. Je ne dis rien du jeune couple qui m'avait sauvé d'une mort méritée et lamentable.

— Octavio, mon vieux ! dit-il en essayant de me remonter le moral. Vous verrez, tout va s'arranger.

Le bouleversant récit du présentateur du journal télévisé se termina et un type avec une grosse moustache et l'air sévère apparut à l'écran et prononça quelques phrases graves, avant de laisser la place aux images de l'hôtel en flammes.

— Au fond, dit Soldati, l'incendie est arrivé à point, parce qu'avec tout ce bordel, personne ne va se souvenir de vous.

Mon portrait-robot apparut sur l'écran, avec une moustache plus foncée que la mienne et un visage plus maigre, mais c'était quand même moi.

— Alors là, on est vraiment dans la merde !

— Pourquoi vous ne me laissez pas, Soldati ? Personne ne vous cherche, vous.

— C'est bien pour ça, Octavio, c'est bien pour ça.

Il se leva et ne vit pas que l'image projetée montrait une photo de lui qui le vieillissait d'une dizaine d'années. Nous payâmes et, encore une fois, personne ne nous regarda, parce que la télé était retournée au match et que l'équipe gagnante affronterait le Maroc en quart de finale, m'expliqua Soldati. Il me montra une carte de la région et me dit que nous étions près de l'Atlas. Il indiqua un point et dit que le mieux était de nous séparer et d'attendre que les choses se calment à propos de l'hôtel. Je le regardai peut-être avec méfiance parce qu'il me serra les mains et dit d'un ton plaintif :

— Vous croyez que je vais vous abandonner, Octavio ? Il prit son portefeuille et fouilla dedans.

— C'est pas la peine de me donner de l'argent, Soldati.

— Je vais vous donner quelque chose de bien plus précieux.

Il me tendit un carnet usé recouvert d'un plastique déchiré :

— C'est ma carte de Lanús, la meilleure équipe de foot du monde*, Octavio. J'ai perdu la foi, mais

* Club de foot mythique de Buenos Aires, fondé en 1915.

pas ma dignité : sans ce carnet, je ne retournerai jamais en Argentine.

Il m'enlaça avec émotion. D'un air mystérieux, il prit dans la fourgonnette un paquet lourd, enveloppé dans un morceau de tissu. C'était un revolver énorme et rouillé.

— C'est mon .38, dit-il. C'est pour la façade, Octavio. Prenez-le, mais ne vous excitez pas trop : il n'a que trois balles, il n'y en a pas d'autre.

Nous nous partageâmes l'argent du Belge, il me donna un sac de provisions et me montra comment me servir de l'arme. Nous nous séparâmes. J'étais persuadé que je ne le verrais plus, bien que nous nous fussions donné rendez-vous trois jours plus tard dans un bled au nom imprononçable, quelque part dans l'Atlas.

Quand la fourgonnette disparut après la courbe, j'ouvris le carnet et je le reconnus tout jeune sur sa photo floue, avec un nom différent de celui qu'il m'avait donné. Je calculai son âge d'après la date de naissance inscrite dans le carnet et je découvris qu'il était plus vieux que moi.

Il était écrit que je devais me perdre. Le paysage était immuable, courbe après courbe, un paysage à l'étrange beauté désertique. De temps en temps, je traversais des hameaux qui me paraissaient toujours les mêmes, et le premier jour, je ne croisai que trois camions vétustes et sans cargaison. La carte était usée et le nom des hameaux ne coïncidait pas avec ceux que je traversais, mais j'avais de l'argent et devant moi un chemin étroit. Il n'y avait pas de place pour faire demi-tour, aussi je poursuivis tranquillement ma route. Je m'arrêtai pour dîner dans un village dont l'unique restaurant était rempli d'hommes qui regardaient un match à la télé. Il n'y eut rien à propos de l'incendie de l'hôtel. Je mangeai un morceau et je demandai au serveur où se trouvait le village que je cherchais, mais quand je lui montrai la carte, il secoua la tête. Je lui donnai un billet et il me fit signe d'aller l'attendre dehors. Il sortit accompagné d'un gros avec une tête d'assassin. Je répétai le nom du village dont m'avait parlé Soldati, le gros étudia la carte et hocha lui aussi la tête. Il me signala un hangar éloigné du restaurant et alors que nous nous y dirigions, je sentis que c'était un piège. Le serveur suivait, quelques pas derrière nous, comme s'il était là pour me couper la retraite, et le gros à tête d'assassin n'arrêtait pas de parler. Je me demandai ce qu'aurait fait Soldati dans une telle situation. Je cherchai dans mes poches et trouvai les faux dollars du Bolivien. J'en pliai deux de cent et, avec un clin d'œil, je les offris au serveur. La nuit tombait, mais il les vit et tendit la main, la bouche ouverte. En même temps, je posai la main sur l'épaule du gros qui sursauta comme un ressort et cria quelque chose de féroce à son compagnon. Je profitai de cette diversion et leur jetai d'autres billets à la tête. Dans la confusion, je courus jusqu'à la voiture, poursuivi par le gros qui gueulait comme un âne. Je réussis à me jeter dans la voiture et bloquai les portes. Le gros souleva une pierre pour casser la vitre et se trouva nez à nez avec le .38 de Soldati.

— Depuis qu'on a inventé la poudre, les belles gueules ont disparu, dis-je.

C'est ce que m'avait confié Soldati avant de me donner le revolver. Le gros ne comprit pas les mots, mais il comprit le geste. Le serveur était livide et bafouillait des paroles incompréhensibles.

Je baissai la vitre et tout en pointant mon arme sur eux, je répétai de mémoire le nom du village que je cherchais. Lc gros tendit le bras vers la gauche et le serveur vers la droite. Du bout du canon, je les obligeai à se mettre devant l'Opel et je passai la première. Ils tardèrent à comprendre et le gros était sur le point de se mettre à courir, mais je devais avoir l'air terrifiant avec mon .38, parce l'autre lui dit d'obéir.

Nous quittâmes le village, eux marchant très vite devant la voiture et moi les visant à travers le pare-brise. Quand les maisons disparurent de mon rétroviseur, j'accélérai un peu et je les fis courir pendant un bon kilomètre. Puis je freinai, et quand ils s'écartèrent, je passai entre leurs malédictions en chantant une vieille chanson de la Guerre civile que mon père fredonnait quand j'étais petit et qu'il avait assez d'argent pour se saouler la gueule à la maison. Mon père pleurait sans bruit quand la chanson et le vin se terminaient, mais cette nuit-là, au milieu de rien, je riais à gorge déployée. J'accélérai sur le chemin cahoteux comme jamais je ne l'avais fait, pas même sur la meilleure autoroute de Barcelone.

En arrivant à un croisement, je pris la route de gauche sans penser à regarder les panneaux indicateurs que je n'aurais pas compris.

Cette nuit-là, je dormis dans ma voiture, réchauffé par la couverture et le whisky que m'avait donnés Soldati. J'avais le .38 dans la main et, sur le siège d'à côté, mon enfance oubliée me tenait compagnie. Je serais pianiste, pompier, pirate et explorateur. La seule chose qu'ils me laissèrent faire fut le piano. Et encore. Il n'y avait pas d'argent en trop à la maison, mais mon père rêvait pour moi de quelque chose de mieux qu'une usine d'aprèsguerre pour *charnego**. Et ma mère, dont je ne suis jamais arrivé à me rappeler la voix, me regardait en hochant la tête, désolée de me voir si peu d'avenir. Parfois je me dis que si, à la place du piano, j'avais choisi la trompette ou la guitare, j'aurais donné à mon père la satisfaction de pouvoir m'offrir un instrument. Mais, à cette époque, je ne savais pas que les rêves avaient des limites, je ne connaissais que le bonheur de la gloire fugace, lorsque je finissais mes exercices et que madame Llopet applaudissait et que Gracita me

* Immigrant espagnol en Catalogne, qui ne parle pas catalan.

regardait, les yeux humides d'admiration. Je sentais que mes doigts avaient beaucoup à dire et, certaines nuits, je passais des heures à regarder leurs extrémités, comme s'ils étaient creux et abritaient au cœur de leur pulpe des musiques merveilleuses qui un jour s'épanouiraient. Peu m'importait de rentrer à la maison histoire de ne rien dépenser, d'inventer des rendez-vous chaque fois que la bande de copains proposait un détour par la cafétéria, le vendredi soir après la classe.

Lorsque je serais célèbre, j'aurais un piano, une voiture et de l'argent. Et j'aurais Gracita. Madame Llopet et elle étaient les seules qui croyaient en moi. Quand madame Llopet vint à la maison pour expliquer à mes parents que j'avais de l'avenir comme musicien et qu'ils devaient m'inscrire au Conservatoire, qu'elle se débrouillerait pour m'obtenir une aide financière, je faillis mourir de honte. Mon père lui dit qu'il la remerciait pour son intérêt, mais qu'il n'était pas bon d'entretenir des illusions si on n'avait pas de quoi les nourrir. Ma mère hocha la tête avec plus de tristesse que d'habitude et je ne retournai plus jamais à l'académie de madame Llopet.

Cette nuit, seul dans l'Atlas, je me souvins qu'une semaine plus tard, ils sont venu chercher mon père. Il revint au bout de deux ans, mais je suis sûr qu'il n'est jamais complètement revenu.

Je me souvins aussi, avant de m'endormir avec l'ombre de Gracita à mes côtés dans l'Opel, que mes doigts, depuis ce jour, étaient restés muets.

DEUXIÈME PARTIE

Si crucé por los caminos
como un paria que el destino
se empeñó en deshacer ;
si fui flojo, si fui ciego,
sólo quiero que comprendan
el valor que representa
el coraje de querer.

CARLOS GARDEL/ALFREDO LEPERA
Cuesta Abajo

(Barcelone, 1927)

Son costume est un peu trop ajusté et il se dit qu'il doit faire attention à ce qu'il mange. Mais les regards des filles qui se promènent sur les Ramblas le rassurent sur son élégance. Quelques-unes le reconnaissent et chuchotent entre elles avec de petits rires effrontés. Elles savent qui il est depuis son spectacle au théâtre Goya. Il leur adresse un petit salut et continue sa promenade.

Carlitos hume le printemps de Barcelone et se regarde furtivement dans le miroir qui lui renvoie l'image d'un mannequin dans la vitrine d'un tailleur. C'est vrai qu'il a un peu grossi, mais il faut voir ce qu'on gagne à porter un costume fait sur mesure. Il bute sur son sourire dans le miroir et il le déteste, sans colère parce qu'il sait qu'il est fixé pour toujours sur ses lèvres.

Le soir va bientôt tomber, mais le soleil est encore là et l'encourage à continuer sa marche sur les Ramblas. Avec ses souvenirs. Il doit retourner au studio et refaire des prises : il continue à ne pas aimer ce qui a été fait avec le refrain de Cuando volverás, *même si Barbieri affirme que c'est excellent. Il observe de loin la statue de Colomb, le bras tendu indiquant le retour au pays. Mais il sait que ses retours sont de plus en plus brefs et que, très vite, il sentira à nouveau ce besoin de partir, comme pour fuir cette femme exigeante et capricieuse qui se nomme Buenos Aires.*

Il est l'heure de rejoindre le studio, se dit-il sans enthousiasme. Le nouveau système d'enregistrement, ce prodige électronique, s'est beaucoup amélioré en quelques mois, mais il continue de préférer la vieille méthode acoustique, dans laquelle se joue un duel entre le chanteur et le pavillon. C'est de cette façon qu'il a gravé ses premiers disques en mil neuf cent treize, et tous les autres qui ont suivi. Il se souvient du premier enregistrement pour Odeon, en mil neuf cent dix-sept, avec Razzano : Cantar eterno. *Tous les deux forçant leur voix pour qu'elles arrivent aux oreilles déformées du pavillon du gramophone, tous les deux bouleversés parce que le passage de la scène au disque était le signe qu'ils avaient acquis une notoriété.*

"Il est bizarre, Razzano", se dit-il, et il essaye de ne pas penser aux regards chargés de rancœur, aux petites mesquineries et aux commentaires désobligeants dans son dos. "Nous le savions tous les deux, quand nous avons commencé, il le savait lui aussi", se répète-t-il. Deux ans se sont écoulés depuis que l'Uruguayen a proposé, après de nombreuses discussions et douze années d'association, de dissoudre

leur duo. Mais le duo était déjà malade depuis longtemps, depuis le jour où la production avait décidé d'enregistrer Carlitos en solo et que José avait dû se contenter d'apparaître seulement dans le nom du duo et dans les chœurs.

—Mais qu'est-ce qu'il veut, merde, qu'est-ce qu'il veut de plus ? demande-t-il à la mer qui ne connaît pas non plus la réponse.

Razzano ne peut plus chanter comme avant, et, pour le sauver de la déchéance, il en a fait son imprésario, une charge dont l'Uruguayen s'acquitte sans plaisir.

Il s'assied sur un banc parce qu'il est fatigué, mais pas à cause de la promenade. Il a fêté ses trente-sept ans loin de Buenos Aires et quelque chose lui manque : le plaisir de chanter dans un café, comme il le faisait à l'époque de l'Abasto. Cela, rien ne le lui rendra, ni l'argent, ni l'amour du public européen, ni l'amitié de Samitier, Piera et Platko, les joueurs du Barça desquels il est devenu inséparable. Il vieillit, il est presque au sommet, mais il devine qu'une fois atteints les sommets, il devra commencer à redescendre et cela lui fait peur.

*Il revoit la fête donnée en l'honneur du prince de Galles, il y a deux ans, dans l'*estancia *de Concepción Unzué de Casares, et devant ce que Buenos Aires comptait de plus huppé. Ce fut l'une des dernières prestations du duo et, malgré l'enthousiasme des puissants, Carlitos ne peut oublier que, pendant qu'ils chantaient, il avait la sensation que tout cela* *n'était qu'une comédie et lui un clown. "Cher, mais un clown quand même." Edward de Windsor était un homme au visage doux que tout amusait et qui ne lâchait pas sa bouteille. Lorsqu'il se mit à danser comme un ours et à essayer de les accompagner avec un ukulele, Razzano murmura "C'est la fin" ; ou c'est ce que crut entendre Carlitos, parce qu'au même moment il pensait : "Je veux mourir."*

"Il n'y a pas de quoi", se dit-il, s'adressant aussi au soleil pâle de Barcelone. On ne peut pas changer l'avenir et le passé n'est pas si mal. Il est quelqu'un, et pour certains, il est tout. Avant ce voyage, il a dû trouver un moment dans l'enchevêtrement de ses multiples concerts et enregistrements discographiques pour être la vedette d'un hommage rendu à Luigi Pirandello au café Tortoni.

Il faut voir comme l'Italien a été émerveillé, il l'a même comparé à Caruso…

"Il n'y a pas de quoi", dit-il à voix haute, effrayant le vieux bonhomme qui s'était assis à côté de lui sur le banc. Il est ridé comme une lettre remplie de mauvaises nouvelles et Gardel se dit qu'un coup de vent pourrait le briser. L'idée de la vieillesse l'horrifie et il voudrait rester en marge du temps, maintenant qu'il atteint son but. Buenos Aires parle de lui, attend ses retours et pleure ses départs. Cela le terrifie, parce que Buenos Aires est un énorme tas de pierres. Et les pierres chantent avec Gardel.

Le vieux se lève et ses os craquent comme s'ils allaient se casser. Il marche jusqu'au muret et il regarde la mer. Carlitos l'imite malgré lui et laisse flotter son regard sur les vagues.

"Demain, il pourrait mourir", pense-t-il, en surveillant du coin de l'œil le vieil homme qui lui ressemble, avec beaucoup d'années en plus, des années qui auraient effacé le plus petit vestige de triomphe. Il secoue la tête pour chasser ces pensées et songe que s'il avait connu son père, peut-être saurait-il quel vieux il allait devenir.

Le vieil homme lui demande l'heure et cette voix chevrotante le remplit d'angoisse. Il n'avait jamais, jusqu'à ce jour, pensé que la torture de la vieillesse lui enlèverait la seule chose qui l'ait sauvé de n'être qu'un peón *de l'Abasto sans nom, sans père. Il imagine ce sourire auquel il appartient, cette moue qu'il ne pourrait arracher de son visage même s'il le voulait, cette déchirure sur sa face. Il l'imagine édenté. Il a envie de pleurer.*

— Je ne veux pas mourir, dit-il à la mer.

La mer ne répond pas.

(L'Atlas)

Si je disais que je le reconnus au premier regard, je mentirais. La vérité est que je le pris pour ce qu'il avait l'air d'être : un vieil hippie un peu gras. Il disait s'appeler Charly. Il avait des cheveux gris qui tombaient sur ses épaules et une barbe grise et clairsemée. Il portait un jean rapiécé, une chemise blanche couverte de colliers, un grand symbole de la paix et des lunettes comme celles de Lennon, mais sales. Seul son sourire conquérant, entre solidaire et supérieur, ne collait pas avec le personnage. Le reste était pur stéréotype ; depuis le vieux combi Mercedes peinturluré de fleurs et dégageant une fumée noire, jusqu'aux deux blondes minces aux cheveux longs, du genre de celles qui ont toujours vingt ans jusqu'à ce qu'elles se réveillent un beau jour à quarante-cinq sans s'être rendu compte de rien.

Il me fit signe. J'étais devenu méfiant et j'eus envie d'accélérer. Mais depuis le matin, je roulais sans savoir où j'allais, au milieu de ce désert montagneux, et sans apercevoir âme qui vive. Et puis, il y avait ce sourire et une cafetière chauffant sur le bord du chemin. Je freinai et cachai le .38 sous mon siège. Il me demanda si je pouvais les conduire, parce que “Madame Yvonne”, dit-il en montrant le combi, “vient de danser sa dernière *milonga**”. Je ne compris pas ce qu'il voulait dire, mais j'acceptai de les emmener et aussi de prendre du café. Je n'avais pas déjeuné. Je partageai avec eux les provisions que Soldati m'avait laissé dans un sac et Charly s'émut à la vue d'un bocal en verre contenant une chose marron et épaisse.

— Du *dulce de leche*** ! s'écria-t-il. Il y a longtemps !

Puis il s'enfonça dans une mélancolie aussi douce que la pâte du bocal, qui était collante et avait un arrière-goût amer. Il n'en laissa rien. Il me demanda où j'allais et je lui dis que j'allais, c'est tout, parce que c'était la vérité. Les filles n'étaient pas si maigres que je me l'étais figuré en les voyant depuis la voiture, mais elle étaient identiques. Des Finlandaises ou quelque chose comme ça. Charly les appelait soit Mary et Peggy, soit Betty et Julie, mais quand je leur demandai leur nom, elles répondirent toutes les deux qu'elles s'appelaient Ingrid.

Nous transférâmes leurs bagages du combi à l'Opel, les sacs à dos des filles, et la malle et la valise de Charly, qui attirèrent mon attention : elles étaient très vieilles et avaient dû, en leur temps, coûter

* Chanson et danse populaire argentine.

** Confiture de lait, un must en Argentine.

une fortune. Elles étaient couvertes d'étiquettes jaunies, traces des plus grandes villes du monde. Il perçut mon étonnement.

— La triste fin d'un grand bonhomme, lança-t-il, et là non plus je ne compris pas ce qu'il voulait dire.

Pendant que nous roulions sur la piste défoncée, il me raconta que notre destination se trouvait à moins d'une heure de distance. Je lui fis remarquer que nous allions dans la direction contraire à celle dans laquelle se trouvait sa fourgonnette.

— C'est que moi aussi je vais, vous comprenez ? Les filles m'accompagnent sur un bout de chemin, mais Madame Yvonne m'a fait comprendre qu'elle n'en pouvait plus. Si vous voulez, on peut les laisser à la colonie, on mange un morceau et on continue.

Une des Ingrid dit quelque chose dans sa langue et je freinai. De son long bras nu, elle indiqua une direction. Charly m'encouragea et je m'engageai à droite sur une piste cahoteuse. Au bout d'une centaine de mètres de descente, après un tournant, nous aperçûmes un ruisseau aux eaux transparentes.

Ingrid descendit de la voiture, me sourit et enleva sa robe. Elle ne portait rien dessous. Elle nous invita en finlandais ou autre chose, et, sans attendre de réponse, elle courut se jeter dans le ruisseau. L'autre Ingrid l'imita. Je garai l'Opel à l'ombre du coteau et Charly et moi fumâmes une cigarette en les regardant sauter dans l'eau comme des petits poissons dorés.

— Ce sont de braves filles, dit-il.

— On dirait.

Ingrid m'appela en mâchouillant le "t" de mon nom et l'envie me prit de partager sa fête innocente.

— Si vous avez envie, ne vous privez pas, Octavio, dit Charly.

Je fus tenté d'accepter sa proposition, mais je me rappelai la blague du malheureux qui meurt dans son sommeil, se retrouve au paradis, où on lui permet de faire l'amour avec toutes les angelottes, jusqu'à ce que sa femme le réveille à coups de savate. J'allumai une autre cigarette.

Charly me parla des "petits" de la colonie avec une tendresse de grand-père. C'était un groupe de hippies installé là, dans ce coin d'Atlas, entre désert et montagne.

— Mais qu'est-ce que font des hippies par ici ?

— Qu'est-ce que vous voulez... Ils n'avaient pas assez de pognon pour aller jusqu'à Katmandou et ici le hasch' est bon marché.

Une des Ingrid sortit de l'eau toute ruisselante, et s'arrêta devant nous, dans un contre-jour scintillant, pour boire au soleil. Je sentis un frémissement et regrettai de ne pas avoir accepté l'offre de Charly. Elle me demanda de mettre l'Opel au soleil et elle s'allongea toute nue sur le capot, appuyant son dos sur le pare-brise. L'autre Ingrid fit de même et nous restâmes là un bon moment, fumant et bavardant à voix basse, tout en admirant le paysage le plus beau qu'avait jamais vu ma vieille voiture.

Charly parlait un espagnol avec un accent de nulle part, comme s'il en avait mélangé tellement qu'il n'en restait plus aucun. Il avait un défaut de prononciation, il ajoutait des “r” partout, surtout quand il s’énervait. Il me faisait penser à Soldati avec ses airs conquérants mais, contrairement à l’Argentin, je soupçonnais Charly d’être, lui, un gagnant. Je n’arrivais pas à lui donner d’âge : il pouvait être vieux comme le temps, ou avoir moins de quarante ans. Il ne quittait pas une petite radio à ondes courtes collée à son oreille, et il changeait constamment de fréquence. Par moments, il était tellement tendu qu’on aurait dit qu’il allait se mettre à bondir.

— Foot ?

— Pire, répondit-il. Bien pire.

— Vous cachez quelque chose.

— Vous vous trompez, Octavio. Justement, je commence maintenant à ne plus me cacher. On ne peut pas être en fuite tout le temps, parce que si personne ne vous cherche, où est l’intérêt, le risque, vous comprenez ? Alors, on finit par se dire que tout le monde se fout de vous retrouver ou pas, et la cachette, au lieu d’être une libération, devient une prison.

Je ne pus rien lui sortir de plus et je n’essayai pas non plus de le faire : je ne voulais pas qu’il me retourne des questions auxquelles je n’aurais pas su répondre.

Les filles se lassèrent du soleil, et lorsque nous voulûmes repartir, je constatai que j’avais un pneu crevé et qu’une main inamicale m’avait volé le cric.

— Ça ne fait rien, dit Charly. On est à dix minutes en coupant à travers la montagne. Les garçons nous aideront et avant la nuit nous pourrons reprendre la route.

Nous ramassâmes nos sacs et commençâmes à grimper le long d'un sentier escarpé en traînant la malle de Charly. Une des Ingrid marchait à côté de moi. Je me sentais agile et jeune. Je lui donnai la main pour sauter un fossé et, plus tard, en glissant sur les fesses le long d'une pente, nous rîmes comme des enfants.

Au campement, tous se réjouirent de revoir Charly, mais la joie retomba un peu quand ils apprirent que son retour était provisoire. Ils étaient trente ou quarante, éparpillés dans des fourgonnettes, des tentes ou des cabanes branlantes. A part deux ou trois d'entre eux qui avaient inscrit sur le visage leur avenir de gérants d'agences bancaires, les autres avaient l'air paisiblement heureux, sans excitation. Le temps n'avait pas d'importance. J'aidai à ramasser du bois, puis j'accompagnai Ingrid chercher des légumes dans un petit potager. Elle me prit par la main et m'embrassa sur la bouche. Je n'étais pas sûr que ce fut la même Ingrid que celle du sentier, mais cela n'avait pas d'importance.

Nous prîmes notre repas tous ensemble et Charly fit officiellement don au groupe des clés de Madame Yvonne. Puis il disparut dans la tente d'une brune exubérante, qu'il appelait *Milonguita*, bien qu'il me l'eût présentée sous le nom de Ruth.

Nous partîmes, les autres et moi, dans plusieurs voitures, à la recherche de la fourgonnette que nous remorquâmes jusqu'au camp. J'aidai à démonter le radiateur et je me sentais fier de mon habileté à me servir des outils qu'Ingrid me tendait. La nuit tomba sans que nous nous en rendions compte et nous nous réunîmes autour d'un grand feu. Charly était toujours dans la tente de sa *Milonguita* et je ne voulus pas le déranger. Il arriva alors que nous finissions de dîner et s'excusa. A la demande des jeunes, il prit la guitare qu'on lui tendait. Il se mit à jouer et, franchement, il jouait très mal, mais sa voix était impressionnante dans le lamento de ce blues crépusculaire. On lui en demanda une autre et il ne se fit pas prier. C'était aussi une chanson mélancolique qui me bouleversa. Ingrid se serrait contre moi. Un des garçons sortit un harmonica et un autre demanda respectueusement la guitare. Le garçon jouait bien mieux que lui, mais la voix de Charly chantant ses chansons tristes était magnifique. Au bout d'un moment, j'étais sous le charme de cette voix qui me rappelait quelque chose que je n'arrivais pas à définir.

Peu à peu, les gens partaient se coucher. Ingrid m'attira et Charly me fit un signe d'approbation pendant qu'il suivait Ruth dans sa tente.

— N'oublie pas le cric, compagnon, me dit-il.

Un des garçons nous ramena à ma voiture dans une jeep déglinguée et proposa de nous aider à changer la roue, mais Ingrid refusa. Quand nous nous retrouvâmes seuls, elle enleva sa robe comme elle l'avait fait le matin, mais au lieu de se jeter dans le ruisseau, c'est sur moi qu'elle plongea.

Je retrouvais la musique de jadis au bout de mes doigts et dans tout mon corps. Je jouai une mélodie lente sur ses épaules, vibrante sur ses hanches, contenue et fugace sur ses fesses, explosive dans son sexe blond et sans mémoire. Il faisait froid. Nous rentrâmes dans la voiture et j'allumai le chauffage. Elle me parlait dans sa langue que je ne comprenais pas, mais je savais qu'elle me racontait des petites histoires tendres d'un pays froid où, quand le soleil se montrait, c'était une fête. Je lui parlai de Madame Llopet, de mon piano et de mon père ; puis quand nous recommençâmes à nous dire des choses avec la peau, j'eus la certitude que je n'étais plus un pauvre type vieillissant, j'étais un autre, qui pouvait, pendant ces quelques minutes à l'intérieur d'Ingrid, retrouver les années perdues dans des bureaux poussiéreux. Ingrid gémissait comme si elle chantait et j'étais heureux, au centre de son chant, sans autre mission que de rentrer et de sortir sans jamais la quitter, sans jamais rester. Après toutes ces années, oui, c'était du sexe, mais beaucoup plus que du sexe, parce que c'était enfin moi.

Ingrid s'endormit contre moi. Je fumais en savourant la fumée et je me disais que je pourrais rester là, que c'était la même chose que de disparaître complètement. Je ne manquerais pas à mes enfants et n'importe qui pourrait prendre ma suite pour comptabiliser les naissances et les décès. Quant à Soldati, je ne savais pas s'il viendrait à notre rendez-vous, et je ne savais pas non plus dans quel coin perdu de l'Atlas se trouvait le bled dont il m'avait parlé.

J'écrasai ma cigarette et j'eus la certitude que non, que le moment n'était pas venu, que je choisirais de m'arrêter plus tard, à une autre croisée de chemins. Aujourd'hui, quelqu'un, un fou peut-être, un escroc sûrement, m'attendait dans un village au nom imprononçable. Et un corps, dont j'avais souhaité la mort depuis vingt ans, attendait aussi que je le ramène à la place qui lui revenait.

Je pensais à tout cela, quand je vis s'éteindre les lumières d'une voiture à proximité de l'Opel.

Je coupai le moteur et m'accroupis. Se découpant sur le ciel éclairé par la lune, la voiture avait l'air sinistre, avec au volant la silhouette corpulente d'un type. Ingrid dormait. Je cherchai en vain le .38 sur le plancher encombré d'un tas de vêtements et de chaussures. Je sentis sous ma main quelque chose de froid. C'était la manivelle du cric. J'ouvris doucement la portière et je me félicitai de n'avoir jamais changé l'ampoule du plafonnier, un oubli qui m'avait valu les insultes de Dorita. Je me laissai tomber sur le sable. L'Opel me cachait de l'autre voiture qui se trouvait à moins de cent mètres. J'avais froid. Je tâtonnai dans le noir à la recherche de mon pantalon que je ne trouvai pas. J'enfilai comme je pus la robe d'Ingrid. Le type dans sa voiture ne bougeait toujours pas et continuait à nous surveiller. Je me traînai à travers les broussailles en faisant un grand arc de cercle et il me sembla avoir mis des heures avant d'arriver derrière la voiture. Le grincement d'une portière me donna la chair de poule et je serrai fort la manivelle. Un monticule m'empêchait de voir le type, mais j'entendis le craquement de ses pas sur les herbes sèches se diriger vers l'Opel, vers Ingrid. Je me redressai d'un bond et pris mon élan pour escalader le monticule. Le bonhomme me tournait le dos et il ne m'entendit pas. Je calculai la distance, mais quand je sautai, la robe s'accrocha à une branche. J'essayai de me dégager et roulai jusqu'en bas de la pente lorsque le tissu céda. Dans ma chute, je perdis la manivelle du cric. Je ne m'attardai pas à la chercher et je retournai en courant sur le haut du monticule. En hurlant comme Tarzan, je me jetai sur le type. Nous roulâmes ensemble dans le noir. Il était fort, mais c'était le genre à perdre dans une bagarre. Octavio Rincón n'était pas un fonctionnaire insignifiant, mais un homme primitif défendant son territoire. A chaque coup qu'il m'envoyait, je lui en rendais quatre et, malgré l'obscurité, quelques-uns l'atteignirent. Il réussit à se retourner et à me chevaucher. J'entendis la voix d'Ingrid qui m'appelait. J'envoyai un coup de boule dans la figure du bonhomme. Il poussa un gémissement, je le repoussai en serrant son cou entre mes jambes. Je cherchai à tâtons dans le sable, trouvai une grosse pierre et la soulevai au-dessus de ma tête. Ingrid m'appela de nouveau et elle alluma les phares de l'Opel. C'est alors que je vis que j'étais sur le point de tuer Charly le hippie.

Je me laissai tomber à côté de lui, regardant le ciel, la grosse pierre sur mon estomac. Nous respirions avec difficulté. Ingrid s'approcha, enroulée dans une couverture. Elle me regarda en souriant et murmura quelque chose dans sa langue miaulante.

— Elle se moque de moi ?

— Non, traduisit Charly. Elle dit que vous êtes doux comme un petit chat, que vous faites l'amour comme un tigre et qu'en plus vous vous battez comme un lion.

Il ajouta, rigolard :

— Et que vous en avez une comme un âne.

Couchés sur le sable, Ingrid assise à côté de nous, nous fumions une cigarette. Charly me fit un signe que je ne compris pas trop mais qui me semblait vouloir dire de tenir la fille à l'écart. Il lui proposa de rester dans sa voiture pendant que nous irions changer le pneu de l'Opel. Pendant que nous desserrions les écrous, il me parla à voix basse, des phrases courtes, comme un télégramme :

— Ils sont venus vous chercher. Vous et quelqu'un d'autre. Ils ont donné son nom et l'ont décrit. Six grands mecs avec des airs de durs. Leur chef était un Péruvien ou quelque chose comme ça. Un des garçons a voulu les chasser et ils l'ont tabassé. Ils ont démoli des cabanes et ont mis le feu à Madame Yvonne.

— Vous voulez toujours venir avec moi ?

— Plus que jamais. Vous fuyez ces types et moi je fuis mon destin.

— Ça fait mélo, ça, Charly…

— Si vous saviez…

Mais il ne me raconta rien. Pas à ce moment, en tout cas. Il roula devant et je le suivis avec Ingrid dans l'Opel. Elle était mélancolique et ne me quittait pas des yeux.

— Tu vas partir, dit-elle.

— Il faut toujours suivre sa route, Ingrid. Je l'ai appris il n'y a pas longtemps, quand j'étais encore un autre.

— Reste avec moi. Je baiser bon.

— Oui. Très bien. Mais je ne peux pas rester. Et puis, pourquoi tu veux de moi ? Je suis vieux et bon à rien.

— Toi pas vieux, ton âme jeune. Je pars avec toi.

Je sentis un nœud dans la gorge.

— Non, Ingrid, ce n'est pas possible. Pas maintenant. J'ai des morts à enterrer et je dois le faire seul.

Elle pleurait sans bruit. Je passai ma main sur ses yeux, sur ses lèvres. Je caressai son menton et je léchai ses larmes sur mes doigts.

— Les chemins sont toujours sans retour, lui dis-je, mais sur la route, il y a plein de croisements. Ne pleure pas. Un jour, nous nous retrouverons, quand tout cela sera passé. Je serai devant un piano et je jouerai pour toi toute la musique que je porte en moi.

Elle ne pleurait plus, et pourtant j'étais sûr qu'elle n'avait pas compris un mot de ce que j'avais dit, et je me sentis ridicule, de raconter toutes ces choses à une étrangère blonde qui avait l'âge d'être ma fille.

Le campement n'était plus qu'une ruine et en nous voyant arrivés couverts de terre et de sang, les jeunes crurent que le Bolivien nous avait rattrapés. Je voulus leur dire que non, mais Charly inventa une histoire dans laquelle nous avions mis les malfrats en fuite, où il m'accorda la plus grande part du mérite.

— J'ai voulu l'aider, mais ils m'ont plaqué à terre tout de suite. Vous auriez vu Octavio distribuant des coups et des gnons, une vraie bête féroce !

Je regardai Ingrid, elle confirmait avec enthousiasme. Je pris le bras du hippie et l'emmenai dans un coin.

— Pourquoi leur avez-vous raconté tout ça ?

— Les gens ont besoin de légendes pour vivre, Octavio. Croyez-moi, je sais de quoi je parle.

— Mais c'est des bobards !

— Oui. Et c'est mieux que la réalité. Ou serait-ce qu'à votre âge, vous n'avez pas encore compris que la vérité est presque toujours une merde ?

J'étais contrarié et je ne lui adressai pas un mot pendant que nous chargions nos bagages dans l'Opel. Dans quelques heures, le jour poindrait, mais nous ne voulions pas attendre plus longtemps. J'avais peur que le Bolivien revienne et que les autres découvrent l'imposture de mon impossible héroïsme. Les jeunes nous donnèrent des provisions et un paquet d'herbe, “pour vous aider pendant le voyage”. Charly trouva des cartes et quand nous fûmes prêts à partir, nous nous embrassâmes tous. Ingrid s'approcha de moi et m'embrassa sur la bouche. Je sus que c'était l'autre Ingrid, parce que jamais plus je ne pourrais les confondre. La mienne attendit jusqu'à la fin et m'enlaça avec tendresse. Quand l'Opel commença à rouler, elle courut un moment à côté de ma fenêtre.

— N'oublie pas, dit-elle, à un croisement de chemins !

Elle fit un geste avec ses deux mains sur un piano imaginaire et fredonna le refrain d'une chanson. C'était la chanson de *Casablanca*.

— Ne pleure pas, Ingrid, lui dis-je avant d'appuyer sur l'accélérateur. Il nous restera toujours le Maroc.

L'Opel ronronnait avec un petit bruit cadencé et Charly, absorbé par sa recherche des émissions du monde entier, l'accompagnait machinalement. Le soleil ne se décidait pas à paraître et perdait son temps derrière l'une de ces montagnes brèves et rondes qui additionnent leurs cimes pour construire l'Atlas à la façon dont tout se fait au Maroc, presque sans le vouloir. Je me sentais bien.

Les larmes d'Ingrid et ses doigts mimant de mémoire une chanson que je n'avais jamais interprétée mais que je connaissais me confortaient dans l'idée que tout était bien. Un film où j'étais le héros et non pas le bouffon. La route m'emmenait sans exiger de moi la moindre décision. Montées et descentes, cela m'était égal, parce qu'en fin de compte, j'allais, et c'était suffisant.

Dans l'aube naissante, je devinai de pauvres petits champs cultivés, délimités par des buissons ras entourant de modestes masures, et j'imaginai des enfants bruns se réveillant sur de frustes nattes.

Le bruit du moteur de l'Opel continuait, lancinant, sur le même rythme, comme les doigts de Charly tapotant sur son vieux jean, et le nom du village où m'attendait Soldati dansait dans ma tête.

Le soleil apparut derrière un tournant et je freinai sec devant le nuage si bas que j'aurais pu le toucher de la main.

Il était épais et noir, et rond.

Dangereux.

Je regardai du côté opposé et je vis un chemin, à peine plus distinct qu'une trace à demi effacée. Je m'y engageai. Le hippie me regarda et ne dit rien. Je zigzaguai entre les trous pendant un moment, le nuage était toujours là, aussi présent que le bruit du moteur. Il m'observait depuis le miroir du rétroviseur et il était comme l'ombre d'une peur étouffante. Je pensai à Ingrid et j'arrachai le rétroviseur. Je le jetai par la fenêtre, avec le nuage dedans.

— Vous faites bien, dit Charly, pour ce que ça sert de regarder en arrière…

— Ça dépend. Comme tout n'est qu'aller, ce qui est derrière devient devant et vice versa…

— Vous m'étonnez, Octavio. Quand je vous ai vu, je vous ai pris pour un touriste perdu, un…

— Un pauvre mec, dites-le.

— Peut-être. Mais, vous savez, nous faisons tous illusion, nous donnons le change sur ce que nous sommes en vérité et nous changeons de masques et de miroirs, ce qui est la même chose. Moi, par exemple, savez-vous pourquoi je veux aller avec vous en Espagne ?

Je ne le demandai pas.

— Pour tuer un homme, dit Charly.

— C'est vous qui savez…

— Je ne sais pas. Mais j'ai de la mémoire et elle ne pardonne pas.

Il me tendit un pétard et je faillis le refuser, mais j'avais besoin de prolonger cette sensation d'héroïsme qui me faisait me prendre pour ce personnage qui part devant lui en abandonnant l'amour et la paix, parce qu'un fils de pute de scénariste l'a décidé. Peu importe que le scénariste soit Dieu ou un escroc argentin se prenant pour un guérillero. Je planais et le bruit du moteur de l'Opel se cachait de temps en temps derrière des syllabes incompréhensibles. Charly hochait sa tête grise et son sourire était paternel pendant que je lui racontai tout sur Dorita, Soldati et le piano de Madame Llopet. A un moment, j'arrêtai la voiture et nous bûmes au goulot de la bouteille de l'Argentin à tous les fils de pute et à toutes les histoires tristes.

Dans le silence qui suivit, le bruit du moteur se transforma soudainement en un son clair : le nom du village où m'attendait Soldati. Net, comme un éclair, il traversa mon cerveau jusqu'à mes lèvres et je prononçai le mot comme si j'avais grandi avec lui. Puis nous continuâmes à fumer notre pétard – ou peut-être un autre ? –, jusqu'à ce que le type et ses chèvres apparaissent au milieu du chemin. Je descendis de l'Opel et marchai vers lui. Je prononçai le nom du village et j'attendis sa réponse en le regardant. Il était usé par des milliers de jours identiques et sans surprise, alors qu'il avait sûrement quinze ou vingt ans de moins que moi.

Il répondit quelque chose que je ne compris pas et je reformulai le mot sorti du moteur de l'Opel. Il répondit, mais ce qu'il disait était aussi une question. Je me tournai vers Charly.

— Demandez-lui s'il sait où se trouve ce village.

Je suppliai comme si je voyais ma nouvelle vie s'écrouler en morceaux alors que le jour finissait de se lever.

Le type secouait la tête en écoutant Charly, et il reprit la séquence obstinée des sons qui étaient des bruits d'autres voitures, d'autres vies dont je n'avais rien à faire.

— Qu'est-ce qu'il dit ? demandai-je.

— Il me demande le résultat du match…

— Dites-lui que nous avons gagné.

— Qui a gagné, Octavio ?

— Qu'est ce que ça peut foutre ? Demandez-lui où se trouve ce foutu village !

Ils échangèrent quelques mots et le Marocain sauta de joie avant de poser une question.

— Il demande quel est le score…

— Aux tirs au but, Charly. Autrement, ce n'est pas une victoire.

Je compris que le type ne connaissait pas le village ou alors je m'étais trompé de bruit. Je marchai vers l'Opel.

Le Marocain me héla, je me retournai et vis qu'il me tendait quelque chose.

— Il dit qu'il a trouvé ça sur le chemin et qu'il pense que ça vous appartient, expliqua inutilement le hippie, l'air solennel.

Je pris l'objet que le berger me tendait.

C'était le rétroviseur de l'Opel et dedans, il y avait le reflet du nuage noir et rond qui ressemblait au corps de Dorita. Je compris qu'il ne m'abandonnerait jamais, à moins que je ne réussisse, moi, à m'en défaire. Et avant que j'y arrive, je savais que j'aurais à affronter de nombreuses tempêtes.

Je laissai le volant à Charly et je m'allongeai sur le siège arrière. J'étais épuisé, mais je n'arrivais pas à m'endormir.

J'observai Charly entre mes yeux mi-clos. Il accompagnait de hochements de tête le rythme des chansons qu'il captait sur sa radio et tripotait les contrôles digitaux à la recherche de nouvelles stations. Je n'arrivais pas à déterminer son âge, parce que, comme ces cartes auxquelles je n'avais accès, enfant, que lorsqu'on me les prêtait, Charly changeait avec la lumière. Une lumière qui émergeait de son sourire. Quand il chantait ou quand il souriait, je lui donnais moins de cinquante ans. Mais quand il était abattu, on aurait dit un vieillard vaincu par la vie. Des changements qui se produisaient par moments et que je percevais en l'observant du coin de l'œil. Il était obsédé par ce meurtre qu'il s'était donné comme mission d'accomplir. Il le disait avec une détermination lasse, comme si sa rage venait de très loin et que cette dette mortelle fût la somme de mille petites dettes. Je mis ma main dans ma poche et touchai le rétroviseur. Un froid glacial et humide monta le long de mon bras et je me dis que je n'avais pas le droit de juger Charly. Je m'endormis pour ne plus penser à rien et je rêvai d'un monde sans ciel, une immense grotte dans laquelle il ne pleuvait jamais et dont le plafond était invisible. Il faisait nuit. J'étais sur une moto noire et rapide comme une panthère, et je déchirais le vent dans ma course folle. La machine rugissait tel un animal puissant et dompté, et sa force était la mienne. Je devinai au loin un croisement et j'accélérai, mais le croisement s'éloignait au fur et à mesure. Un oiseau noir se posa sur la moto et le sourire de Charly apparut à l'horizon comme un soleil d'ivoire, impuissant à faire disparaître les ombres de la nuit. J'accélérai à fond, mais le croisement s'éloignait encore. Le sourire se rapprochait et je crus apercevoir un panneau indiquant le village où Soldati devait m'attendre. La route tournait sous ma moto et, à la sortie de la courbe, il y avait l'Argentin qui me tendait les bras, un cornet de glace dans chaque main. Je fonçai vers le croisement en criant le nom d'Ingrid, que j'avais vue passer. Mais au moment où je la rattrapai, elle n'était plus qu'une chose molle et cotonneuse : c'était Dorita qui glapissait que j'étais un bon à rien, c'était le Bolivien avec ses yeux fendus, c'était mon père saoul chantant une chanson de la Guerre civile, et c'était Dieu avec des nichons énormes et des bigoudis sur la tête. Je les traversai comme s'ils n'étaient que brume. Je voulus fuir, mais la moto était devenue un roller aux roues tordues, j'avais aux pieds des baskets déchirées aux semelles trouées. Je portais un pantalon court attaché avec une ficelle et des gamins riaient parce que j'allais perdre la course et Madame Llopet m'encourageait, avec Gracita, Ingrid et une fille que j'avais aimée de loin et sans espoir, comme seul peut aimer un pauvre type. J'arrivais au croisement et je ne savais pas quelle route prendre, mais ils étaient tous sur mes talons, je tournai donc à droite, le roller dérapa violemment, l'Opel tournait comme une toupie, floutant le paysage de l'Atlas et Charly hurlait rageusement, jurant comme le faisait Soldati quand il pensait à son père. L'Opel s'arrêta au bord d'un ravin et le hippie me tendit les écouteurs de sa radio en insultant quelqu'un qui n'était pas moi. Il me les colla sur les oreilles et ses cris disparurent. Une musique mélo, fade et fausse, s'égrenait mollement, une voix rachitique chantait *El día que me quieras* comme s'il s'était agi d'une chanson insignifiante sans nom et sans histoire. J'enlevai le casque et Charly me demanda :

— Vous comprenez maintenant pourquoi je dois le tuer ? Vous me comprenez, Octavio ?

Je hochai la tête. Je ne comprenais toujours pas ce qui le poussait, le soupçon d'une possible folie traversa à cloche-pied la cour de mon esprit avant que je ne l'en chasse.

Mais au fond, j'étais d'accord avec lui.

Moi aussi, j'avais envie d'assassiner Julio Iglesias.

Je me rendormis et me réveillai un peu plus tard après un sommeil sans cauchemar. Plusieurs heures s'étaient écoulées. Le village était plus important que ceux que j'avais traversés au cours de ma fuite. J'eus l'impression que nous étions à nouveau près de Marrakech, mais je ne posai pas de question. Le bruit que faisait l'Opel était de plus en plus fort, mais ça n'avait pas l'air de déranger Charly. Nous empruntâmes une large rue qui semblait être l'avenue principale. Elle était déserte, décorée de drapeaux marocains accrochés à des fils de fer rouillés. Les deux ou trois cafés que nous rencontrâmes étaient remplis d'hommes qui regardaient tous dans la même direction.

— Ily a un match, dit Charly.

— Qui joue ?

— Onze contre onze, des millions contre des millions, des pauvres contre des riches, des gros contre des maigres, c'est la même chose, l'ami. Les uns vont gagner, les autres vont perdre. Mais les perdants auront toujours l'espoir d'une revanche.

Je voulus lui dire qu'il se trompait, que la vie n'était qu'un aller sans retour, mais le bruit que faisait l'Opel me fit penser à autre chose et quand j'en parlai à Charly, il me regarda, intrigué.

— Le bruit, quel bruit, Octavio ?

Nous trouvâmes un hôtel, peut-être le seul du village, et nous nous installâmes dans une chambre pas très propre. Charly emporta sa valise dans la salle de bains et me salua d'un large geste du bras comme s'il me faisait ses adieux sur un quai de gare. J'étais toujours ennuyé par le bruit bizarre que faisait l'Opel. Je descendis au bar de l'hôtel où personne ne fit attention à moi, pas même les serveurs qui servaient sans quitter l'écran des yeux. Les Pays-Bas jouaient contre un pays africain, et il était difficile de distinguer une équipe de l'autre puisque presque tous les joueurs étaient noirs. Je demandai un verre d'eau gazeuse et y ajoutai une rasade de la bouteille de whisky qui était dans ma poche. Je le fis sans me dissimuler, mais personne ne me regardait. Petit à petit, je compris qui étaient les pauvres sur le terrain, parce qu'ils couraient sans crainte de prendre des coups ou de se blesser. Quand ils étaient devant les buts, ils tiraient sans réfléchir et, même quand le ballon passait à dix mètres des buts, ils fêtaient ça comme un triomphe. Je levai mon verre à leur santé, à ces types qui méritaient de gagner ne serait-ce que pour baiser les spécialistes et les commentateurs millionnaires. Je finis mon verre et me levai. Je ne voulais pas voir s'anéantir le rêve des Africains. Je me dirigeai vers la réception et muni de ma nouvelle assurance et de quelques faux dollars, je réussis à me faire indiquer l'adresse d'un garage. Il se trouvait dans une rue latérale et je trouvai curieux que les trois mécaniciens noircis de graisse ne soient pas plus étonnés par le boucan que faisait ma voiture. Ils avaient le regard éteint et pendant que je leur expliquais en espagnol l'espèce de bruit que faisait le moteur, ils hochaient la tête sans me regarder, ne prêtant attention qu'aux hurlements de la radio qui résonnaient dans le hangar déglingué. Je leur offris des cigarettes et j'écoutai avec eux la retransmission du match commenté dans un débit vertigineux. Peut-être à cause du whisky dans mon estomac vide, il me sembla que je commençais à comprendre ce que disait le commentateur. Je me réjouis quand les Noirs pauvres stoppèrent un penalty des Noirs riches et je fus le premier à hurler au second but qui nous assurait la qualification pour une débâcle assurée mais encore lointaine. Le coup de sifflet final mit fin à l'enchantement : les types retournèrent à leur apathie et moi à mes tentatives d'explications par signes et onomatopées du bruit lancinant de mon moteur. L'un de trois hommes baragouinait quelques mots d'espagnol. Il me dit fièrement qu'il avait travaillé au garage Opel de Melilla. Je le fis monter dans la voiture et nous fîmes le tour du pâté de maisons, mais le bruit avait disparu. Je répétai mon imitation du rythme et de l'intensité du son, mais le type me dit qu'il n'avait jamais rien entendu de semblable dans aucune voiture. Je lui demandai s'il connaissait un nom de village qui ressemblait à ce bruit, mais là non plus rien. Je lui tendis quelques billets pour qu'il garde ma voiture, pris le .38 dans la poche de la veste du Bolivien et partis sans but.

Je ne me perdis pas, mais j'éprouvai un certain plaisir à chercher les croisements de rues, certain que, quelque soit le chemin que je choisirais, j'arriverais là où je devais arriver.

Je marchai le long de ruelles obscures. Un groupe d'enfants me suivit en tendant la main. Je fus sur le point de leur filer quelques faux dollars, mais je me dis que, depuis leur naissance, la vie les avait déjà suffisamment maltraités, et je leur donnai de légitimes euros. Ils partirent et, tandis que je tournai au coin de la rue, l'avenue principale, à présent pleine de vie, se détacha au bout de la ruelle comme une carte postale venue d'un autre monde.

C'est alors que je les vis passer, très lentement. On aurait dit un cortège funèbre à la recherche d'un défunt qui lui donnerait sa raison d'être. Les deux voitures noires étaient jumelles et énormes, occupées par des hommes de main, identiques dans la coupe de leur costard et la brutalité de leur allure. Quatre dans une voiture, trois dans l'autre. Dans la deuxième voiture, à côté du conducteur, le Bolivien gesticulait, apparemment fou de colère, et les trois malfrats, la tête dans les épaules, jetaient des coups d'œil d'un côté et de l'autre. Je n'avais pas le temps de me cacher, je réussis seulement à sortir le revolver de ma poche. Son poids dans ma main me rassura, mais en me souvenant qu'il n'avait que trois balles, un frisson me parcourut de haut en bas. Ils ne me virent pas. Une fourgonnette blanche, incongrue, fermait le cortège. Sur ses flancs étaient peints en lettres colorées et compliquées les mots “Glaces artisanales El Zorzal Criollo”, et en dessous un dessin représentait le visage de Gardel avec ce sourire qui me paraissait maintenant beaucoup plus familier et, pour cette raison même, incompréhensible.

Je ne pus apercevoir le conducteur, mais ce n’était pas la peine. Je n’avais plus besoin de parcourir l’Atlas à la recherche d’un village qui avait un nom de bruit et où Soldati m’attendait.

Il était venu jusqu’à moi. Et il m’avait apporté ma mort.

Caché derrière un tas de cageots de légumes, je me hasardai à regarder et je les vis s'éloigner à l'allure d'un homme au pas vers la sortie du village. Je préparai un long soupir de soulagement, mais le ravalai lorsque je les vis prendre à gauche et s'engouffrer dans une ruelle. Ils n'avaient pas renoncé à leur chasse à l'homme.

Je courus à travers les petites rues et je retrouvai l'hôtel du premier coup. Dès que je repris mon souffle, j'interrogeai le concierge et constatai avec émerveillement que je pouvais utiliser et comprendre quelques mots de français. Je m'aidais en mimant : j'aplatis mes cheveux en arrière, je grimaçai une expression assassine et je tirai mes paupières vers les tempes. Le type avait l'air inquiet, mais il reconnut tout de suite mon imitation du Bolivien. Je crus comprendre qu'il était arrivé avec les autres vers midi. Non, il n'était pas enregistré à l'hôtel, il avait juste demandé un ami. Le concierge s'arrêta de parler et me fixa, faisant le lien entre mon aspect et celui du type qu'ils cherchaient. Mon cœur bondit dans ma poitrine. Après avoir déposé quelques faux dollars sur le comptoir, je lui demandai lentement si l'ami de ces hommes était arrivé au village. Le concierge étendit la main jusqu'à recouvrir les billets et me dit que non, il n'avait vu personne qui correspondait à leur description. Il transpirait à grosses gouttes et évitait de me regarder en face. Il tremblait, me sembla-t-il, et je ne comprenais pas pourquoi, jusqu'à ce que je m'aperçoive que ma main droite serrait encore le .38. Je lui adressai un sourire dangereux et me dirigeai lentement vers l'escalier, comme un John Wayne au caleçon trempé. Dès que je fus hors de vue, je montai les escaliers quatre à quatre, en retenant un hurlement de terreur. Charly occupait toujours la salle de bains, et lorsque je frappai à la porte, la voix qui me répondit "il y a quelqu'un !" était à la fois la sienne et celle d'un autre. Je lui racontai ma rencontre avec le Bolivien et ses sbires, et la certitude que j'avais qu'ils reviendraient.

— Je ne sais pas pourquoi, mais c'est à moi qu'ils en veulent, lui dis-je derrière la porte. Je ne veux pas vous mêler à ça. Je vais vous laisser des dollars, mais je vous préviens, ils sont faux.

— Attendez, mon ami, me dit-il avec cette nouvelle voix qui était la sienne et pas la sienne, une voix majestueuse, comme s'il avait retrouvé un trône perdu. Je sors.

La porte s'ouvrit et ce ne fut pas Charly que je vis sortir, mais un homme du même âge, avec la même tête mais sans barbe, et le même sourire conquérant. Il avait coupé ses cheveux et les avait teints en noir, coiffés en arrière et gominés. Il portait un costume ajusté aux larges revers, un gilet assorti et des chaussures noires aux extrémités blanches.

— Lequel vous semble le plus approprié à la température ? me demanda-t-il, hésitant entre un chapeau noir aux bords penchés et un panama entouré d'un ruban.

Il essaya le panama devant le miroir :

— J'hésite… Avec celui-là j'ai peur d'avoir l'air d'un gommeux…

Je n'arrivais pas à dire un mot et il prit cela pour un assentiment. Il finit par choisir le chapeau noir et sourit à son image dans le miroir, comme si celui-ci lui renvoyait quelque chose de perdu depuis très longtemps.

— Vous avez raison, Octavio : si on fait dans le classique, il faut le faire complètement.

Il grimaça en observant son nœud de cravate et le défit sans cesser de parler :

— Pour ce qui est du Bolivien, ne vous en faites pas, je me doutais que le mec ne laisserait pas tomber si vite. Mais je ne vais pas vous laissez seul dans l'embarras, mon ami. Soyez tranquille…

Il fredonna un petit air, réajusta sa cravate et se tourna vers moi.

— Comment me trouvez-vous ?

Je réussis à reprendre mes esprits et j'exprimai à haute voix ce que qui me taraudait depuis qu'il avait ouvert la porte de la salle de bains :

— Mais, bordel, vous êtes qui ?

Il me regarda, l'air étonné.

— Mais… Vous ne l'aviez pas compris ? Je suis Carlos Gardel.

Il fredonnait un tango, tout en préparant le matériel pour me teindre les cheveux. C'était une chanson mélancolique qui racontait une histoire de retrouvailles avec une ancienne fiancée aujourd'hui défraîchie.

— *Esta noche me emborracho bien, me mamo bien mamaopa'nopensar**, conclut-il en trempant un pinceau dans la teinture noire. Penchez la tête en arrière, mon ami.

Il avait confectionné deux immenses bavoirs avec les draps d'un lit, l'un pour moi et l'autre pour protéger ses vêtements. Car, à présent qu'il était Gardel, Charly était devenu un type soigné et un peu maniéré. Il avala une gorgée de whisky au goulot et me tendit la bouteille.

— Et vous dites que votre ami les a conduits jusqu'ici ? me demanda-t-il en m'enlevant une année à chaque coup de pinceau. Vous êtes sûr qu'il s'agit de la même fourgonnette ?

* "Cette nuit, je me saoule, je me torche bien torché, pour ne pas penser..."

— Vous croyez qu'en plein milieu de l'Atlas, il y a beaucoup de fabriques de glaces ambulantes, avec la tête de… avec votre tête peinte sur les flancs ?

Il sourit avec bienveillance, s'écarta d'un mètre et esquissa deux pas de tango, enlaçant l'air de ses bras. Avec son drap accroché autour du cou, il avait l'air d'un bébé insolite mais heureux. Il se redressa, renversa la bouteille et revint à la teinture de mes rares cheveux.

— Je ne sais pas, se dit-il à voix haute, mais ça me semble bizarre qu'un Argentin se soit conduit de cette façon avec vous. Ce n'est pas une attitude de *gaucho*… Vous êtes sûr qu'il n'est pas uruguayen ?

Je lui parlai de Soldati pendant qu'il s'attaquait à mes pattes avec minutie.

— Il n'y a pas de doute, dit-il à la fin de mon histoire, il n'y a qu'un Argentin pour se lancer dans la vente de glaces dans le désert. Mais d'après ce que vous me dites, ça n'a pas l'air d'un mauvais gars…

— Sauf qu'il a conduit jusqu'ici ces types qui veulent ma peau à cause de lui. Vous vous rappelez que c'est quand même lui qui a piqué la veste du Bolivien ?

Je cessai de me plaindre parce que Gardel avait commencé à me teindre la moustache, après en avoir raccourci les pointes. Il essaya de me calmer.

— Un ami, c'est un ami, Octavio. Ce sont des histoires d'hommes, vous savez ? On en a ou on n'en a pas, c'est tout. Vous vous souvenez de Razzano ? Nous étions ensemble depuis 1911, chantant en duo. Au début, je lui laissais le rôle de soliste, alors qu'on voyait bien que ses poumons ne suivaient plus. Et moi je supportais, seconde voix, disque après disque, chantant en dessous de mes possibilité, le moteur au ralenti pour ne pas me mettre en avant. Jusqu'à ce premier disque en solo, *El Pangaré*. A partir de là, la maison Odeon a voulu que je chante seul. Vous savez ce que j'ai fait ? J'ai tenu à ce que le nom du duo soit maintenu sur les affiches et sur les disques, même si Razzano ne chantait plus, et pour qu'il ne crève pas de faim, je l'ai pris comme impresario. Est-ce qu'il m'a remercié ?

Je fis non de la tête, mais il ne me regardait pas, parce qu'il profitait de la pause pour boire une lampée à la bouteille.

— Un merdeux ! cria Gardel. Il s'est mis à déblatérer sur moi, et il a même raconté que j'étais, que j'étais…

— Pédé ? demandai-je.

Il hocha la tête, tristement.

— Et bien quelle saloperie d'ami, ce Razzano, dis-je, un peu bourré.

— Bien sûr, Octavio. Mais c'était mon ami.

Il détacha le drap et me conduisit devant le miroir de la salle de bains.

Un type qui ressemblait à Franco jeune me regardait depuis cette improbable fenêtre. Il avait un air malheureux, mais pas trop, comme s'il s'agissait juste d'une expression pour ne pas attirer l'attention. Je pensai à Ingrid en me demandant ce qu'elle dirait de mon nouveau "look".

— Au fond, Bogart lui-même se faisait teindre les cheveux, murmurai-je.

Gardel me tendit un costume comme le sien, et, bien que ce fût un costume ancien, il avait l'air flambant neuf.

— Il faut que je mette ça ? Je vais mourir de chaud…

— L'élégance, Octavio, l'élégance, dit-il en allumant un pétard. Avez-vous déjà vu un chanteur de tango avec une chemise hawaïenne ?

— Moi, chanteur de tango ?

— Bien sûr. Ils cherchent un touriste minable et un hippie en guenilles. Quel est votre patronyme déjà ?

Je ne compris pas tout de suite, mais je finis pas dire :

— Rincón. Octavio Rincón.

— *Macanudo* ! Excellent ! C'est une nom d'artiste fantastique. Nous pouvons monter un duo : "Gardel et Rincón chantent les tangos de ma jeunesse".

— Don Carlos…

— Oui ?

— Ça ne vous ennuierait pas trop si au lieu de chanter je vous accompagnais au piano ? C'était mon rêve, vous savez ? J'ai passé ma vie persuadé que c'était un rêve mort-né, mais aujourd'hui je me dis que c'est possible.

Il réfléchit un moment, me tendit le pétard, et dit que oui.

— Les rêves ne meurent jamais, Octavio, mais on les endort. Regardez-moi : je suis mort depuis

1935 et pourtant me voici, tout vivant et tout guilleret.

Je me retins de lui demander pourquoi. Fou ou pas fou, c'était le seul rêve qui le faisait vivre. Un ami, me dis-je. Et je comprenais un peu mieux sa philosophie tango. Il continuait à parler, enthousiaste, tout en marchant de long en large dans la chambre, le bavoir géant accroché autour du cou :

— Un piano, je n'en ai pas, mais on peut en trouver un. En attendant, si ça ne vous gêne pas, vous pouvez faire semblant de gratter une guitare. Nous donnerons quelques récitals, nous animerons des bals et après… un disque ! J'ai cru comprendre qu'on pouvait gagner du blé avec la télé et le cinéma. Je vous raconte un secret ? Mieux, deux secrets : je rêve de graver un CD ! Sur le verso, on dirait un "disque d'or". Et pour le cinéma, bon, en vérité, une nouvelle version de *El día que me quieras* avec Angelina Jolie dans le rôle de Rosita Moreno, c'est un succès assuré. En plus…

— Don Carlos…

— Vous pouvez m'appeler Carlitos, Octavio, mon ami.

— Je ne veux pas gâcher vos projets, mais je croyais que ce que vous vouliez, c'était tuer Julio Iglesias…

Il s'arrêta net. Il avait l'expression d'un enfant à qui le Père Noël aurait apporté un jouet moche et qu'il aurait déjà.

— Vous avez raison : l'essentiel c'est l'essentiel. Et pour le moment, l'essentiel c'est d'échapper au

Bolivien et à ses tarlouzes. Après, on part à Madrid et à Madrid…

— Mais avant, je dois retrouver ma femme et la ramener en Espagne.

— Vous êtes sûr ? D'après ce que vous m'avez dit, c'était une chienne…

— Oui, mais c'était ma femme, Carlitos. Ça m'étonne que vous ne le compreniez pas.

Il s'excusa avec sincérité et posa sa main sur mon épaule :

— *Sus ojos se cerraron*, chanta-t-il, *y el mundo sigue andando ; su boca que era mía, ya no me besa más. Se apagaron los ecos de su reír sonoro, y es cruel este silencio que me hace tanto mal…*

La partie de mon cerveau qui conservait encore un minimum de bon sens me criait que Charly n'était pas Gardel, qu'il était impossible qu'il le fût. Mais il chantait si bien que j'envoyai au diable cette partie de mon cerveau et que je l'accompagnai comme je pus, remuant les lèvres et retrouvant de temps en temps un mot parmi les lambeaux des paroles que j'avais apprises dans ma jeunesse.

Je revêtis le costume qui était un peu trop grand pour moi, mais je retroussai les jambes du pantalon et je demandai à Carlos un morceau de fil de fer. Il fouilla dans sa malle, en sortit une fleur en tissu, un œillet enroulé à la base d'un énorme phonographe. Nous le défîmes et, me servant du fil de fer qui faisait office de tige, je resserrai le pantalon à la taille, et je bricolai le veston comme l'avait fait Soldati à Marrakech. Nous avions l'air de naufragés du temps échappés d'une vieille photo sépia. Et pourtant, nous avions fière allure. Nous nous passâmes la bouteille maintenant presque vide.

— Ceci est le début d'une grande amitié, Octavio.

— Ne vous foutez pas de moi, Carlitos, moi aussi j'ai vu le film, mais je veux garder la fille. Et que le héros de la résistance aille se faire voir.

Il me demanda si j'avais passé beaucoup de temps avec mon ami argentin et il commença à rassembler nos bagages.

J'allai dans la salle de bains prendre la veste du Bolivien et j'en profitai pour uriner et réfléchir. J'appuyai en vain sur l'interrupteur, l'ampoule était grillée. Dans la pénombre, je me trouvai confronté aux interrogations qui m'avaient assailli ces derniers jours. Charly était assurément fou à lier, mais je me sentais bien avec lui, je me laissais porter. Depuis la lointaine sieste au cours de laquelle Dorita avait enfin passé l'arme à gauche, je n'étais plus le même pauvre type, j'étais un autre, différent. Il y avait des moments où je me plaisais et j'en arrivais même à me prendre pour un super mec, adoptant des allures que le pauvre Octavio pusillanime aux doigts muets n'aurait jamais imaginées, depuis qu'il était resté au coin de la dernière rue de son enfance. Mais malgré ces changements, j'étais toujours moi, c'est-à-dire la somme de ce que j'avais été et de ce que je n'avais jamais pu être : le petit fonctionnaire d'une petite mairie, comptable des décès et des naissances, au sein d'une routine stérile puisque les résultats étaient immanquablement négatifs ; mais j'étais aussi celui qui cachait ses livres sous l'oreiller pour lire à l'ombre monumentale et étouffante de la poitrine de Dorita, l'auteur de poèmes qui finissaient dans les cabinets, ou plutôt qui commençaient là leur chemin vers la mer, le penseur niché dans un coin de mon cerveau qui accumulait les connaissances et les rêves tout en jouant du Mozart sur le clavier de sa mémoire. Je sortais de cette confrontation conflictuelle entre les deux Octavio, avec un peu de chacun d'eux collé à mes basques ; et si, la nuit dernière, j'avais été sur le point de tuer pour défendre Ingrid, cet après-midi, à l'hôtel, j'avais besoin que quelqu'un décide pour moi, non pas quelle direction je devais prendre comme le faisait Dorita, mais dirige juste mes premiers pas et me donne un coup de main quand le moteur s'enrayerait sur le chemin du doute.

Je pris conscience de mon pénis en le secouant, et je constatai que ce changement-là était bien permanent et glorieux. Je revoyais le regard malicieux d'Ingrid lorsqu'elle avait dit à Charly que je l'avais comme celle d'un âne, ou l'étonnement envieux de Soldati dans le bordel, et je me sentis fier, bêtement fier, comme si ce sexe démesuré était un témoignage tardif de la personnalité qui m'avait jusqu'alors fait défaut. Je le rentrai dans mon pantalon en me disant que cela n'avait rien à voir, mais que les petites bites aillent se faire foutre. J'étais un peu saoul et je m'amusai à observer le reflet de Charly dans le miroir. Dans l'obscurité, le miroir était comme un écran de cinéma et, bien que ses films fussent en noir et blanc, j'étais persuadé que c'était bien lui, pour aussi insensé que cela paraisse, que c'était bien Carlos Gardel qui renaissait de l'oubli pour tuer Julio Iglesias coupable du crime impardonnable d'avoir enregistré un disque de tangos. Et j'allais l'aider. Je souris en imaginant la tête de Julio quand il nous verrait, vêtus de nos costumes des années trente, un revolver dans chaque main. Je proposerais à Charly de reprendre Razzano. Finalement, je savais ce que c'était que perdre les matchs avant même d'avoir commencé à les jouer, et ce type méritait qu'on lui donne l'occasion de se réhabiliter.

J'étais si absorbé dans mes pensées, que lorsque la porte vola en éclats et que le Bolivien pénétra dans la chambre avec ses sbires, je crus que ce que je voyais dans la glace de la salle de bains était un vieux film et non pas la réalité mortelle de ces yeux bridés.

Gardel les regarda tranquillement, du haut de sa personnalité nouvelle et altière.

— Où est le vieux ? demanda le Bolivien.

— Je ne signe pas d'autographes avant le spectacle, messieurs, dit Carlitos avec dignité. Je dois donc vous demander de quitter ma chambre.

Un des sbires, un Noir couleur café au lait, l'envoya valdinguer contre la malle. Gardel se fâcha :

— Nègre du con de ta mère ! Tu sais ce qu'on faisait à l'Abasto avec des blanc-becs comme toi ?

Je crois que le sbire ne comprit rien, mais le ton menaçant ne lui échappa pas et d'une torgnole, il l'envoya à nouveau valser contre la malle. La gomina ne résista pas et les cheveux de Gardel lui retombèrent sur le nez. Il resta là, immobile, comme un pantin désarticulé. Sans réfléchir, je sortis de la salle de bains et d'un saut je bondis sur le lit, le dos contre le mur et mon .38 rouillé pointé sur le Bolivien.

— Bougez pas d'un poil ou je vous renvoie d'une balle à Bogota ! criai-je avec une détermination que je n'avais jamais ressentie auparavant.

— Bogota c'est en Colombie, dit-il en levant les mains. Je suis de La Paz, Bolivie. Vous êtes sûr que ce machin marche ? Il a l'air rouillé…

— Vous voulez essayer ?

Il fit non de la tête. J'aurais juré qu'il s'amusait, mais les fentes de ses yeux étaient des puits empoisonnés.

— Ça va, Carlitos ? demandai-je.

— Je suis cassé ! dit Gardel se relevant avec difficulté. C'est qu'il cogne fort, ce nègre…

— Vous vous recoifferez plus tard, Carlitos ! ordonnai-je. Maintenant, vous prenez l'artillerie de ces messieurs, si cela ne vous ennuie pas, et vous autres, attention à ne pas faire de geste bizarre, je risquerais de faire une crise de Parkinson avec le doigt sur la gâchette.

Gardel me regarda avec respect et se mit à fouiller dans les poches des sbires. Le fil de fer qui tenait mon pantalon s'était cassé et à n'importe quel moment celui-ci risquait de tomber sur mes chevilles ; pourtant, je ne me sentais pas ridicule. Le Bolivien m'incendiait du regard, mais ne bougeait pas d'un muscle : ma main ne tremblait pas et il le savait.

— Vous me devez quelque chose, monsieur Rincón, dit-il.

— Nous nous devons tous quelque chose, monsieur…

— Disons Acévez…

— On nous doit à tous quelque chose. Ce monsieur-là, par exemple, on lui doit un demi-siècle d'oubli, une montagne de mensonges et quelques disques qui n'auraient jamais dû être enregistrés. Et moi, on me doit une vie perdue, un piano et un croisement de chemins. A ma femme, on doit une sépulture dans son pays, pour qu'elle s'en aille une bonne putain de fois. Et quant à un certain Razzano, on lui doit la célébrité qu'il n'a pas eue pour s'être associé à un génie incomparable…

— Merci, Octavio, dit Gardel.

— Moins de gratitude et plus de célérité, Carlitos. Avez-vous trouvé les armes ?

— Trois gros flingues sur le premier et je commence à fouiller le deuxième…

— A ce rythme, on est là jusqu'à demain. Enlevez vos vestes et vos pantalons et jetez-les près de la porte. Je vous disais, monsieur Acévez, que nous avons tous une dette. Même ce traître de Soldati : on lui doit une révolution qu'il n'a pas pu faire et la dignité qu'il a perdue quand il a dû, pour survivre, prendre la température des merdes de chameaux. Vous voyez bien que les comparaisons ne servent à rien…

— Ils sont pétés, chef, dit un des sbires en reniflant.

Le Noir fit semblant de trébucher et chercha un pistolet qu'il portait dans sa chaussette, mais Carlitos lui envoya un coup de pied au cul qui résonna dans toute la chambre. Je m'écartai du mur et mon pantalon tomba en faisant un petit tas de tissu sur mes chaussures à bouts blancs.

— La prochaine fois, vous lui tirez dessus, Gardel ! dis-je avec détermination. Déshabillez-vous aussi, Acévez, j'aime bien vos vêtements.

Le Bolivien me lança un regard meurtrier, mais se déshabilla. Nous les enfermâmes dans la salle de bains et bloquâmes la porte avec l'armoire.

— Je ne crois pas que ça tienne longtemps, murmura Carlitos pendant que je remontais mon pantalon et que j'enfilais l'onéreuse ceinture d'Acévez.

— Regardez où donne cette fenêtre.

Gardel appuya son dos contre le montant de la fenêtre, le canon de son pistolet vers le haut, fit un petit bond ridicule et se pencha. Je me dis qu'il avait dû voir beaucoup de films depuis 1935.

— Ça donne sur une cour intérieure. Ce n'est pas très haut et il y a une porte qui doit mener à un vestibule, je pense.

Nous poussâmes le lit contre l'armoire et nous répartîmes les vêtements des mecs dans la malle de Carlitos et mon sac à dos, après en avoir enlevé les armes, les clés et les portefeuilles. J'ordonnai à Carlitos de sortir tous nos bagages de la chambre et de les descendre dans une des voitures noires stationnées près de la porte de l'hôtel.

— Ils vont se méfier, dit-il. Si personne ne m'a vu entrer, putain, comment je vais pouvoir sortir ?

Je lui donnai les faux dollars qui me restaient.

— Vous appelez un employé et vous lâchez quelques billets. Le reste, vous le donnez au concierge et vous verrez qu'on ne vous demandera même pas l'heure qu'il est.

Je mis à profit le temps que dura le transport des bagages et, quand les types commencèrent à taper dans la porte, je leur dis que s'ils n'arrêtaient pas, je les transformerais en passoire. On n'entendit plus un bruit pendant que j'examinais le contenu des portefeuilles. Deux des sbires étaient des policiers marocains ou quelque chose dans le genre, mais je doutais qu'ils fussent en mission officielle. Le Bolivien avait un vieux passeport, et j'aurais juré que ce n'était pas le même nom que celui que nous avions vu, Soldati et moi, sur le passeport que nous avions volé la première fois. Ce n'était pas non plus la même profession : là, il était attaché culturel. Carlitos vint me dire que la voiture était chargée et que nous pouvions partir. Je répondis qu'il aille m'attendre à la porte du patio. Lorsqu'il fut sorti, je fermai la chambre avec la clé que je mis dans ma poche. Je poussai la commode contre le lit et je la fis pivoter jusqu'à ce qu'elle bute contre le mur opposé à celui de la salle de bains. Les meubles formaient une barrière compacte qui traversait toute la chambre. Il leur faudrait un bon moment avant de pouvoir sortir de là. Avant de sauter par la fenêtre, je leur criai :

— A une prochaine fois, Monsieur Acévez. J'aurais aimé rester un peu plus pour bavarder avec vous, mais un ami m'a appris qu'un soldat qui fuit sert pour une autre guerre.

Personne ne répondit. Je sautai par la fenêtre, tel un Zorro des temps modernes, et m'aperçus que la hauteur était bien plus importante que ce que je croyais. Par bonheur, j'atterris sur mon sac, qui amortit la chute. J'étais excité et fier de mon plan. Il était parfait, à part l'ombre de deux doutes qui se dissipa très vite.

Le premier doute concernait la salle de bains dont j'ignorais si elle avait une fenêtre. Elle en avait une, qui donnait précisément sur le patio, et à ce moment même, le fragile grillage était sur le point de céder sous les coups du Bolivien et de ses malfrats.

Le second doute disparut au bout de quelques mètres : la porte du patio donnait en effet sur un vestibule, comme l'avait dit Carlitos.

Mais elle était fermée à clé.

La voix de Gardel m'appelait depuis l'autre côté de la porte qui tremblait sous les secousses qu'il lui infligeait.

— Vite, Carlitos, ils ont réussi à s'enfuir !

— C'est fermé à clé ! Je retourne à la chambre et je les tiens en respect avec le flingue.

— Vous ne pourrez pas rentrer ! criai-je en cherchant le .38 ou une autre arme dans mon sac bourré de vêtements. Sauvez-vous, pendant qu'il est temps !

— Jamais ! Un gaucho n'abandonne jamais un ami en rade. Comme je l'ai dit un jour à Razzano…

— Ne m'emmerdez pas maintenant avec vos histoires, Gardel !

Le grillage céda dans un craquement et le Noir fut le premier à apparaître à la fenêtre. Je continuai à fouiller dans mon sac, mais je n'arrivai toujours pas à mettre la main sur le .38. Ma confiance en moi s'effondrait et l'ancien Octavio poussait pour sortir. Finalement, je sentis quelque chose de dur que j'extirpai du sac avec un hurlement de triomphe en visant la poitrine du nègre.

C'était le rétroviseur de l'Opel, et dedans, il y avait un gros nuage noir, qui était Dieu et qui était le corps mamelu de Dorita. Je m'effondrai en tremblant. On n'entendait plus la voix de Carlitos de l'autre côté de la porte, et dans une seconde, le Noir et les autres seraient là pour se venger de l'humiliation dans le sang d'un pauvre type.

Mais rien ne se passa. J'ouvris les yeux et je regardai vers la fenêtre. Le Noir en caleçon s'accrochait à ce qu'il pouvait pendant que des mains sortant de l'intérieur essayaient de le pousser.

— Je ne veux pas ! disait-il au bord des larmes. J'ai le vertige, c'est trop haut !

Une fenêtre à l'autre extrémité du patio s'ouvrit, une femme poussa un cri, quelqu'un donnait des coups dans la porte métallique en hurlant des mots en arabe et moi, j'étais toujours à genoux, vêtu du costume d'un chanteur de tango mort depuis un demi-siècle et visant mes ennemis avec le miroir d'un rétroviseur reflétant un gros et sombre flocon.

La peur me paralysait. De grosses larmes, deux perles d'impuissance, coulèrent sur mes joues, effaçant la teinture de mes moustaches. J'avais le temps de réfléchir, mais ça ne servait à rien : je savais que dans le sac, entre des vêtements qui ne m'appartenaient pas et un pot de *dulce de leche*, il y avait au moins deux armes en plus du .38. Mais si je les trouvais, elles seraient déchargées, ou elles m'exploseraient dans les mains, ou ce ne seraient que des imitations. Il était écrit que je devais perdre, comme j'avais toujours perdu, mais cette fois-ci, il me resterait au moins la saveur de deux buts et la douceur d'Ingrid. Avec tout le bordel que nous avions déchaîné, la police pouvait arriver d'un moment à l'autre, mais ce n'était pas une consolation. Même s'il était mêlé à de sales affaires, Acévez était un diplomate et il avait de l'influence. Moi, j'étais l'incendiaire d'un hôtel de luxe, l'assassin présumé de ma femme et un minable voleur. J'étais la statue de la lâcheté pleurnicheuse, à genoux devant la mort comme je l'avais été dans la vie.

Le Noir cria quand ils lui firent perdre l'équilibre, et il resta suspendu à la corniche, les jambes balançant dans le vide. Acévez apparut à la fenêtre, lui marchant sur les mains et prêt à sauter. Il portait un string léopard et brandissait un poignard. Il avait des chaussures vernies noires et des chaussettes vertes. Il me fit penser à un ridicule Tarzan japonais qui, au lieu de pousser son cri légendaire, hululerait *banzaï* en se jetant sur moi. Le Noir, désespéré, s'accrocha à sa cheville, et le Bolivien tomba comme un fruit mûr. Il poussa un cri de douleur en arrivant sur le sol et un autre encore plus fort quand le nègre lui tomba dessus.

— Est-ce qu'on ne pourrait pas faire tranquillement la sieste dans cet hôtel ? prononça une voix connue depuis une fenêtre du rez-de-chaussée. Quel bordel, nom de Dieu !

Il apparut à sa fenêtre, l'air furibard et le cheveu en bataille. Il portait un débardeur et les poils de sa poitrine en jaillissaient tel un panache gris.

— Soldati, murmurai-je.

— Octavio ? Il ne me reconnut pas tout de suite, mais sauta immédiatement dans le patio pour venir à mon secours. Je savais bien que vous trouveriez le village, mais vous êtes arrivés un jour avant la date prévue.

A cet instant, le nom du village me revint à l'esprit avec une netteté inutile. Il ronronnait comme le bruit du moteur de ma voiture.

— Vous êtes un vrai môme... Comment faites-vous pour vous jeter dans des histoires pareilles ?

Il m'aida à sauter dans la chambre, jeta mon sac à l'intérieur et ferma les volets d'un seul geste. La dernière chose que j'aperçus dans le patio fut le regard de feu d'Acévez qui me transperçait.

Soldati l'avait vu lui aussi. Il se mit à rassembler ses vêtements à toute vitesse. Dehors, les cris s'intensifiaient. Je regardai à travers les claires-voies des volets et je vis que la porte s'ouvrait pour laisser passer un employé de l'hôtel accompagné de deux policiers. L'Argentin me posa la main sur l'épaule et me demanda des explications d'un mouvement du menton.

— La police, dis-je.

— Ça ne va pas être facile de sortir d'ici. Vous croyez que cet hôtel a une alarme d'incendie ?

— Allez vous faire foutre, Soldati ! m'écriai-je.

J'avais retrouvé ma colère. Je mis ma main dans mon sac et trouvai tout de suite le .38. Je le glissai dans mon pantalon et continuai à chercher. Je trouvai un pistolet. En fait, le sac était rempli d'armes.

J'y rangeai le rétroviseur la tête en bas pour ne plus voir le nuage et je remontai la fermeture éclair.

— Sacré pétard ! dit Soldati en admirant le .45 que je lui lançai. Ça coûte cher, ce truc-là…

— S'il y a de la misère, qu'on ne la remarque pas, dis-je, pendant que nous sortions dans le couloir.

Nous entrâmes dans le hall qui était bondé de curieux. Je comptai trois uniformes kaki.

— Ça ne va pas être de la tarte, dit l'Argentin. C'est quoi votre déguisement, Octavio ?

— Un certain Razzano, répondis-je distraitement.

Nous entendîmes une voix derrière nous. C'était Gardel qui nous adressait de grands gestes. Soldati ouvrit la bouche, effaré, mais il ne dit rien.

— Il y a une sortie derrière, dit le chanteur quand nous le rejoignîmes. La voiture est prête.

Nous le suivîmes, collés aux murs, les armes à la main. Les cris s'éloignaient au fur et à mesure que les couloirs abandonnaient toute prétention de confort et s'assombrissaient. La lumière du jour filtrait par les côtés d'une porte en fer cabossée. Nous l'ouvrîmes de quelques centimètres et elle grinça.

— Comment savoir s'ils ne nous attendent pas pour nous faire la peau ? s'interrogea Carlitos.

— On ne peut pas le savoir, répondis-je, fouillant dans mon sac.

J'en sortis le rétroviseur de l'Opel, sous le regard interrogateur de Gardel. Soldati ne se rendait compte de rien, il fixait Carlitos, les yeux comme des soucoupes. Je glissai le miroir dans l'interstice de la porte entrouverte et je le fis tourner pour voir la rue.

Le nuage était toujours là, ce qui ne m'étonna pas. Je l'abaissai. Rien à gauche. Je pivotai mon poignet, rien à droite. Il n'y avait que la voiture noire. Et le nuage, bien sûr.

— Je vous couvre, dit l'Argentin.

Gardel et moi rampâmes jusqu'à la Lincoln. Soldati nous rejoignit en roulant sur le sol poussiéreux, sans cesser de pointer le .45 dans toutes les directions. Il ne put s'arrêter à temps et s'écrasa contre une roue. J'ouvris la portière arrière et il s'engouffra dans la voiture, au bord de l'asphyxie.

— Comme en soixante-quinze, *carajo* ! s'écria-t-il ému.

Gardel enclencha la première et la voiture se mit en mouvement comme un transatlantique sortant du port. Nous fîmes un détour pour nous éloigner de l'hôtel, mais de loin, nous aperçûmes une petite foule massée devant l'entrée. Acévez et ses hommes de main en sortaient, menottés et en caleçon. Les policiers les firent monter dans le fourgon. Nous nous éloignâmes et je fis signe à Carlitos pour qu'il s'arrête devant une boutique fermée. Je me retournai et appuyai le canon de .38 sur le front de Soldati.

— Pourquoi ? demandai-je froidement.

— Pourquoi quoi ? demanda-t-il, étonné.

— C'est vous qui les avez conduits jusqu'ici. Ils m'attendaient dans ce village. J'ai vu votre fourgonnette. Vous m'avez vendu et le pire, c'est ce que je ne sais même pas ce qu'ils me veulent.

— Ils me l'ont volée ! cria-t-il, indigné. J'étais dans un café, je regardais la rediffusion du match de l'Argentine, et, au moment où on allait marquer un but, j'ai eu envie d'aller aux toilettes. J'ai vu arriver les voitures, mais je n'ai pas vu le Bolivien, et en vérité, je n'étais pas tellement dans un trip de curiosité… Vous voulez bien baisser ça ? Il a la gâchette susceptible, vous savez ? En fait, quand j'étais en train de pousser, j'ai reconnu le bruit du moteur d'Evita…

— De qui ? J'écartai le .38 mais le gardai sous son nez.

— Ma fourgonnette. Qu'est-ce qu'il y a, vous n'avez jamais donné de nom à une voiture ?

— En vérité…

Je ne me souvenais plus.

— Moi oui, dit Gardel. Madame Yvonne. Mais elle m'a quitté il y a quelques jours.

— Ça suffit ! criai-je. Alors vous, le guerrier héroïque, on vous a volé votre fourgonnette pendant que vous étiez en train de caguer ?

— Et alors ? Le Che avait bien de l'asthme. J'ai la diarrhée, mais personne ne me bat en ce qui concerne la vaillance !

Je ne sais pas pourquoi, mais je le crus. Je baissai mon arme et m'excusai mollement. Je ne connaissais toujours pas les raisons de l'acharnement du Bolivien à nous poursuivre, c'était peut-être lié au vol de la veste dans la boîte de nuit de l'hôtel à Marrakech. Et c'est Soldati qui m'avait entraîné dans ce merdier.

Je fis un geste de la main, comme pour effacer l'offense, et Gardel passa la marche arrière. Dans l'avenue, il se dirigea vers la sortie du village, mais je le guidai jusqu'au garage. Quoiqu'il arrive, l'Opel à qui je devais un nom et le bruit que j'étais le seul à entendre viendraient avec moi.

Le nuage aux gigantesques nichons, aussi.

— Vous me prenez pour un imbécile ou quoi ? s'énervait Soldati. Comment peut-il être Carlos Gardel si *El Mudo*, est mort à Medellin en 1935 ?

Je ne discutai pas, parce que je n'avais aucun argument rationnel. De plus, j'avais du mal à me concentrer sur le volant de l'Opel avec le bruit infernal que faisait la voiture depuis que nous avions quitté le village. Le paysage était interminable et monotone, et seule la Lincoln conduite par Carlitos, ouvrant le chemin vers une destination inconnue, me permettait de penser que nous avancions. Le ciel était d'un bleu pur, gâté seulement par mon nuage noir personnel.

— Ne vous vexez pas, Octavio, insista l'Argentin, mais vous êtes un peu naïf : vous ne vous rendez pas compte que si ce type était Gardel, il aurait beaucoup plus de cent ans ? Ce mec-là doit être un dingue, le cerveau liquéfié d'avoir trop fumé…

Comme je ne répondais pas, Soldati continuait à chercher des arguments, comme si son existence en dépendait.

— Ce n'est pas possible ! Vous voulez m'expliquer ce que Gardel viendrait faire ici, au milieu de ce putain de désert ?

— Vendre des glaces ?

Offensé, l'Argentin me tourna le dos et fit semblant de dormir pour ne plus avoir à me parler. Accompagné par le bruit de fond de mon moteur, je suivais la course hypnotique de la voiture noire, à la poursuite d'un horizon qui s'éloignait de plus en plus. Gardel n'hésitait jamais et prenait des virages et des sentiers presque sans appuyer sur le frein. Je pensai à Dorita, défunte sans cadavre, et je me dis que le Bolivien devait savoir quelque chose. J'avais eu à mes côtés le seul homme qui pouvait me rendre son corps et, au lieu de l'interroger, j'avais joué au Bogart d'opérette.

Cette pensée ne me déprima pas, parce que je savais que tout n'était qu'un mirage circulaire : nous n'avancions pas, parce qu'il n'y avait nulle part où aller, et le plus évident, c'était que j'allais me réveiller dans le lit de l'hôtel, aux côtés de la colossale poitrine de Dorita comme profil de la seule montagne que je pourrais jamais escalader. Elle ouvrirait les yeux avec ce regard de suspicion qu'elle m'adressait à chaque réveil, parce qu'elle savait que le sommeil était le seul territoire qu'elle ne contrôlait pas, et elle imposerait des activités sans me demander mon avis, parce que finalement, je n'étais qu'un pauvre type incapable d'initiative. Je sentis une décharge douloureuse dans l'estomac, et ce signal de faim fut la meilleure chose qui pouvait m'arriver : je ne rêvais pas, elle était morte et perdue, et j'avais pu aimer Ingrid, échapper à un meurtrier et maîtriser sans l'aide de personne une bande de mafieux. Tout ça, sans parler de l'augmentation de la taille de mon sexe et de la voix retrouvée de mes doigts qui réclamaient un piano et une vie pour jouer sans partition.

L'Opel toussota, le moteur s'arrêta. Je la fis glisser jusqu'au bord du chemin et j'avertis Gardel d'un coup de klaxon. Soldati se réveilla de mauvaise humeur.

— Qu'est-ce qui se passe maintenant ?

— Frédéric n'a plus d'essence.

— Qui ?

— Frédéric. La voiture. A partir d'aujourd'hui, c'est son nom. Frédéric, comme Chopin.

La voiture noire avait encore un peu d'essence et Gardel proposa que nous cachions la mienne et que nous partions tous les trois jusqu'au prochain village.

— Et en même temps, on pourrait manger quelque chose, dit-il, mon estomac me chante *La Cumparsita**.

— Et depuis quand les fantômes ont de l'appétit ? se moqua Soldati.

Carlitos lui jeta un regard méfiant.

— L'Argentin guérillero et homme d'affaires, je suppose ?

— Ma vie est peut-être une pauvre vie, mais au moins je ne l'ai volée à personne, "Gardelito", répondit Soldati.

* Tango uruguayen, peut-être le plus célèbre du monde.

Je demandai la paix et nous poussâmes Frédéric sous des fourrés, à quelques mètres de la route. La nuit n'allait pas tarder à tomber, personne ne la verrait. Nous nous installâmes dans la Lincoln et Soldati demanda l'autorisation de conduire. Non sans perversité, je me couchai sur le siège arrière, les condamnant à faire la route côte à côte. Gardel avait mis ses oreillettes et poursuivait sa quête douloureuse d'une station qui passerait le disque de Julio Iglesias. Soldati le regardait du coin de l'œil.

— Il y a une radio, là ? demanda-t-il les yeux sur la route.

— Mmm, répondit Gardel.

— Vous savez quand joue l'Argentine ? implora-t-il.

— Me dites pas que vous croiriez les informations données par un imposteur…

Soldati s'accomoda sur son siège et chercha mon regard dans le rétroviseur. Je fis semblant de dormir.

— C'est que… Essayez de comprendre. Ce n'est pas possible que vous soyez Carlos Gardel !

— Et pourquoi ?

— Je ne sais pas… Il y a presque quatre-vingt ans depuis Medellin. Même si vous aviez réchappé de l'accident d'avion… vous auriez plus de cent ans !

— Donc vous êtes de ces Argentins qui ont passé leur vie à croire qu'un type mort en 1935, *"cada día canta mejor*…"*.

* "Chante mieux chaque jour" était une expression qu'on utilisait beaucoup pour parler du chant de Gardel.

Soldati se débattait entre une incrédulité teintée d'indignation face au sacrilège commis à l'égard de l'image de l'Idole et la fascination de l'avoir à portée de main.

— Et, supposant que vous soyez Carlos Gardel, vous pouvez me dire ce que vous avez fait toutes ces années ?

— *Vivir*, répondit Carlitos. J'ai vécu sans peur de grossir ou de perdre ma voix, sanctifié par une mort présumée et à l'abri des jaloux et des imitateurs. Vous vous rendez bien compte que je suis inimitable ?

— Ça, c'est vrai, dit l'Argentin. Personne n'a jamais chanté *Cuesta Abajo* comme vous, je veux dire, comme lui.

Un silence tendu s'installa. Le défi était lancé. Gardel enleva ses oreillettes, desserra son foulard et chanta :

— *Si arrastré por este mundo la vergüenza de haber sido y el dolor de ya no ser…*

Les yeux fermés, il n'y avait plus aucun doute. Il ne manquait que le grésillement des vieux disques phonographiques, chœur de grillons accompagnant la voix unique. Carlitos chantait et Soldati ne regardait plus la route. Il avait la bouche ouverte et les yeux lui sortaient des orbites. Il laissa la voiture s'écarter lentement du ruban d'asphalte bordé de trous et freina doucement.

— … *sólo pido que comprendan el valor que representa el corage de querer*, continuait Gardel un peu inquiet, comme s'il craignait que cette voix ne fût plus la sienne après tant d'années. Soldati suivait, remuant les lèvres silencieusement, et c'est seulement quand l'autre l'encouragea d'un geste qu'il s'enhardit à chanter le refrain dans un murmure :

— *Eeera para mi la vida entera, como un sol de primavera, mi esperanza y mi pasión*, chantaient-ils en duo.

— *Sabíííía que en el mundo no cabía toda la humilde alegría de mi pobre corazón*, lança Soldati à haute voix.

Gardel lui aussi chanta plus fort la strophe suivante :

— *Ahooora cuesta abajo en mi rodada, las ilusiones pasadas ya no las puedo arrancar...*

— *Vueeeelvo con el pasado que añoro*, chantaient maintenant les deux à pleins poumons, *el tiempo simple que lloro y que nunca volverá.*

Ils se jetèrent dans les bras l'un de l'autre avec effusion et se séparèrent un peu confus.

— Maestro ! dit Soldati. Pardonnez mes doutes... Mais cette voix !

— Vous n'êtes pas mal non plus, félicita Gardel un peu condescendant. On note l'influence des *petiteros** qui sont venus après moi, mais...

— Il n'y en a eu aucun comme vous, Carlitos ! dit l'Argentin en savourant le prénom.

* Sorte de "gommeux", imitateurs de Gardel qui essayaient de s'habiller comme lui, gominés, le foulard autour du cou, et d'adopter ses manières.

— Pardonnez-moi d'interrompre cette scène émouvante, dis-je, mais si on n'arrive pas bientôt quelque part, je bouffe ma ceinture de sécurité.

Ils me regardèrent un moment puis se retournèrent. Soldati mis le moteur en marche et regagna la route. Ils chantèrent pendant tout le parcours, unis dans une fraternité qui me laissait à l'écart, d'une manière subtile mais définitive. Je regardai par la vitre arrière. La nuit tombait, mais la présence incontestable de mon nuage me fit me sentir moins seul.

Au village, nous achetâmes des provisions et de l'essence. Soldati insista pour nous inviter à dîner, "et on en profitera pour demander quand joue l'Argentine". Gardel retourna à sa radio, et moi je regardai les infos à la télévision, des infos qu'à ma grande surprise, j'arrivais à comprendre presque sans aide. Il n'y eut rien sur nous, seulement quelques images de l'hôtel de Marrakech en flammes. J'aurais pu jurer qu'il n'y eut aucune allusion à la découverte du corps d'une petite femme espagnole aux gros nichons, assassinée par son mari. Rien non plus sur l'arrestation d'Acévez et de sa bande, qui devaient donc être de nouveau à notre recherche.

Soldati revint à table et m'observa avec une certaine aversion.

— Après-demain, dit-il en mordant ses mots, l'Argentine et l'Espagne jouent en quart de finale. Et votre sélectionneur a dit que vous alliez nous écraser.

— Ne faites pas attention, Soldati, ce n'est qu'une grande gueule, dis-je.

Mais il demeura distant tout au long de la soirée. Il ne m'adressa pas un mot pendant le trajet du retour à l'endroit où nous avions laissé Frédéric, et quand nous repartîmes, il s'installa dans la voiture de Gardel, me laissant seul avec le bruit qui me garda éveillé et angoissé pendant que nous errions à travers l'Atlas dans un sens ou un autre, parce que ce que nous cherchions était si éloigné que n'importe quelle route était la bonne.

Le claquement d'une pièce de monnaie sur la vitre de Frédéric me réveilla. Le soleil était déjà haut et, avant même d'ouvrir les yeux, je serrai le canon du .38 dans ma main. Ce n'était pas Acévez, et je ne vis ni voitures de police ni hommes de main armés. Je ne vis que la voiture noire avec la jambe de Gardel sur le dossier du siège arrière et la tête grise de Soldati appuyée sur le volant. Je vis aussi que le champ où nous nous étions arrêtés en pleine nuit, vaincus par la fatigue, était parsemé de caravanes rouillées et d'un autobus fermé auquel il manquait les quatre roues. Je vis quelques silhouettes qui s'étiraient à côté des véhicules, regardant le soleil avec rancœur.

Et je vis le type à côté de ma voiture.

Il était mince et vêtu comme s'il avait quinze de moins que son âge. Il avait les cheveux longs et sales, gris, rassemblés en une queue de cheval qui coulait derrière sa casquette noire. Ses bras aux veines apparentes sortaient des manches de son T-shirt délavé, et il arborait un air de loup sur le point de perdre ses dents qui me fit pitié. J'ouvris la fenêtre.

— Vous n'avez pas l'impression que vous nous avez assez fait perdre de temps comme ça ? demanda-t-il.

— Heu…

— Chaque minute me coûte des millions, mon vieux ! s'écria-t-il irrité. Et Claudio Grimaldi ne peut pas paralyser une production parce que trois seconds rôles restent scotchés sous leur couette !

— Quelle couette ? demandais-je en descendant de l'Opel.

Il ne répondit pas et s'éloigna en agitant les bras. Je le suivis.

— Vincent, réunis l'équipe ! Paco, bordel ! Où sont les accessoires ? Est-ce que quelqu'un va enfin réussir à ce que messieurs et mesdames les acteurs se présentent sur le tournage un bonne putain de fois !

Il ne cessait de gueuler et de donner des ordres. Les autres obéissaient, de mauvais gré, et des gens, le sommeil peint sur leur visage, commencèrent à sortir des campings-cars. Tous étaient maigres et semblaient usés, comme s'ils s'étaient frottés à la face rugueuse du temps. Je le suivais toujours, peut-être parce que j'étais habitué depuis des années à obéir aux cris de Dorita. Soldati et Gardel sortirent de la voiture noire et me lancèrent un regard interrogateur. Je répondis d'un geste vague et rattrapai Grimaldi.

Il s'arrêta brusquement et me regarda dans les yeux. Il saisit mon menton entre ses doigts et me fit tourner la tête d'un côté et de l'autre.

— Parfait, dit-il. Je crois que le rôle vous convient.

Je voulus demander quel rôle, mais il était déjà entré en hurlant dans l'autobus. Je m'approchai d'un groupe qui faisait chauffer du café et une femme presque transparente me tendit une tasse.

— Vous êtes nouveau ?

— Disons que oui.

Soldati et Gardel s'approchaient. Le chanteur faillit pleurer d'émotion quand l'autre demanda de l'eau chaude et sortit de son sac une boîte contenant du maté et autres ustensiles qu'il prépara comme le début d'un rituel sacré.

— Mon frère ! dit Gardel bouleversé. Ça fait presque vingt ans que je n'ai pas goûté un *amargo** !

— Ils sont acteurs eux aussi ? demanda la femme en chuchotant.

— Et comment ! répondis-je sur le même ton. Celui qui est habillé comme moi a joué dans de nombreux films, bien que dans ma mémoire, il n'apparaisse toujours que dans une seule scène, sur le pont d'un bateau. Et l'autre est un comédien né : parfois je me demande s'il arrive à se distinguer des personnages qu'il interprète…

Pendant que nous prenions notre petit déjeuner, Grimaldi réussit, à force de vociférations, à créer l'ambiance d'un tournage. Mais quelque chose ne collait pas dans les allées et venues des prétendus

* Amer, le maté sans sucre.

techniciens, qui se déplaçaient comme des somnambules. En deux enjambées, Grimaldi s'approcha du feu et me demanda :

— C'est Egon qui vous envoie, c'est ça ?

Il n'attendit pas ma réponse et continua à parler, se dirigeant vers l'endroit où les techniciens faisaient semblant de s'affairer :

— Je savais qu'il regretterait ! s'exclama-t-il pour que tous l'entendent. Mais s'il croit que c'est en m'envoyant trois comiques morts de faim, que je vais lui pardonner, il délire…

La femme me proposa encore du café. Elle était mince et il n'y avait pas longtemps qu'elle avait été belle. C'était la seule du groupe qui gardait dans les yeux l'insatisfaction de la réalité. Ses réponses aux accès d'humeur de Grimaldi avaient quelque chose de maternel, comme une mère qui supporte les bêtises de son enfant préféré, entre agacement et tendresse. Je lui demandai son nom et elle me répondit Beatriz.

— Mais je m'appelle Nora, ajouta-t-elle.

Pour la remercier, je lui proposai du tabac ou de l'herbe. Elle choisit une Camel et la savoura comme un délice exotique. Dans un coin, Gardel et Soldati jouissaient de la cérémonie du maté qui, à chaque passage*, les enfermait dans une bulle de souvenirs partagés, séparés par les années, mais unis dans un

* Le maté est préparé dans une calebasse ronde, qu'on se passe de convive en convive et qu'on boit en aspirant l'infusion à travers une sorte de paille en argent – la *bombilla*.

territoire commun du sentiment, celui que d'aucuns appellent "patrie", faute d'un meilleur mot.

Le regard transparent de Nora me fixa et elle affirma plutôt qu'elle me demanda :

— Ce n'est pas Egon qui vous envoie, n'est-ce pas ?

— Non.

— Et vous n'êtes pas des comiques.

— Ça, ça dépend de quel côté on voit les choses, Nora. Si je vous racontais…

Mais déjà elle s'était retournée vers la silhouette maigre de Grimaldi, qui, du vent né de ses hurlements et de ses bras qui battaient l'air, gonflait les voiles râpées de cette barque échouée dans le désert. Un des techniciens planta un trépied et un autre y vissa une caméra piteuse. Plus loin, une femme très maigre essayait de coiffer un vieil homme squelettique. Ses gestes étaient mécaniques, professionnels et pourtant bizarres. Ils avaient l'air de savoir qu'il s'agissait d'une farce et je m'en rendis compte moi aussi quand la trappe de la piteuse caméra s'ouvrit et que je vis qu'il n'y avait pas de pellicule.

— Claudio Grimaldi, dit Nora en tournant son regard vers lui. La plus brillante promesse de notre cinéma. Enfant gâté de Cannes, révélation de Berlin, fureur à Hollywood. Un Oscar, vous vous souvenez ?

Je ne me souvenais de rien, mais j'acquiesçai.

— La vie n'est pas un scénario, mais il ne le sait pas, il ne l'a jamais su. Un jour, il a tout confondu et au lieu de réaliser un film, il a voulu réaliser sa vie. Il n'y a pas de budget qui puisse assumer une production comme celle-là. Et les gens extraordinaires, vous savez, ne supportent pas de tomber dans le silence. Il a engagé toute sa réputation et toute son énergie dans un projet impossible, une biographie inventée, dans laquelle il mourait et gagnait, cependant qu'Aníbal et moi nous payions notre trahison en devant supporter la routine de la vie sans possibilité d'oubli. Le problème c'est qu'Aníbal est mort, et Claudio n'a jamais pu lui pardonner une telle incorrection.

J'ai cru qu'elle allait se mettre à pleurer, mais ses yeux étaient secs, toute larme les avait abandonnés depuis longtemps. Ils vous transperçaient sans chaleur, ils vous brûlaient sans feu. Ils voyaient devant et derrière en même temps. La froide lucidité de Nora/Béatriz me fit peur.

— Et nous voilà, au milieu de rien, ne faisant rien ; un groupe choisi d'acolytes incrédules, qui n'avons pas hésité à le suivre dans le désert pour tourner son grand œuvre, celui qui le rachèterai de l'oubli en le couronnant d'une pluie d'Oscars. Savez-vous qui est Egon ? Le producteur. Un nouveau riche d'argent sale avec des velléités de mécénat, cherchant désespérément un peu de gloire, même usurpée. Il n'a pas tardé à découvrir qu'il n'y avait aucun projet à part cette espèce de suicide lent, mais il a suivi, parce qu'avec Grimaldi on ne sait jamais, et qu'un génie reste toujours un génie.

Elle me demanda une autre Camel d'un geste mécanique, que je lui tendis après l'avoir allumée.

— Un matin, nous nous sommes réveillés et Egon était parti. Il était tombé amoureux du Noir qui conduisait l'autocar de l'équipe et il était parti avec lui en emportant presque tout le matériel, sans doute pour aller vivre son fantasme de folle frustrée à Casablanca. Et nous, nous sommes restés là, tournant sans pellicule, répétant chaque jour les dialogues et les séquences, l'entendant crier "action !" sans qu'il y ait la moindre action possible…

— Il y a longtemps ?

— Le temps, ici, ne s'écoule pas. Comment peut-on mesurer le temps dans le sable ? Un jour, on arrête de compter, parce que celui qui compte cherche une solution et nous… Je ne sais plus, cinq ans ? Dix ans ? Quand je suis arrivée ici, j'étais encore jeune et je rêvais d'avoir un enfant de lui, conçu dans le désert et que nous appellerions Aníbal simplement par manque d'originalité.

Elle écrasa sa cigarette qui fit un petit cratère dans le sable :

— Mais quand on nous a volé les roues de l'autocar, j'étais déjà ménopausée.

Je ressentais de la peine pour cette femme, une sorte d'angoisse impuissante et bête.

— Je suis sûre que vous êtes une grande actrice. Vous êtes encore belle, vous n'êtes pas comme les autres : pourquoi ne partez-vous pas ?

Elle me regarda d'un air scandalisé et ses yeux avaient le même voile de folie que ses compagnons.

— Vous êtes fou ? aboya-t-elle. Et abandonner mon rôle d'actrice principale dans l'immense film de Claudio Grimaldi ? Mais ce film va nous rapporter dix Oscars, au moins !

Le soleil était déjà haut, planté au milieu du ciel, spectateur privilégié du tournage qui allait commencer d'un moment à l'autre. A côté de lui, mon nuage, qui n'avait cure de privilèges ni de pardon. Grimaldi donna les derniers ordres et s'assit dans son fauteuil en toile délavée. Nous attendions dans un coin, sans trop savoir quoi faire. Gardel était radieux et nerveux à l'idée de jouer dans un film en couleurs :

— Tous mes films sont en noir et blanc, vous savez ? En couleurs, il n'y a eu que des photos retouchées à la main, mais c'était un truc de pédé…

Je faillis lui dire qu'il n'y avait pas de pellicule dans la caméra, mais il avait l'air si heureux que je préférai me taire. Les gens, m'avait-il appris, ont besoin de mensonges pour vivre. Quant à Soldati, il se contentait de pousser des soupirs d'impatience. L'idée d'être coincé là, à perdre son temps au milieu "d'un tas de fadas", au lieu de continuer à fuir le Bolivien, lui semblait "une connerie plus gigantesque que l'Obélisque". Je dus recourir à un vote démocratique et je votai en faveur du sourire de

Carlitos. Après tout, je me foutais autant de cette folie que d'une autre qui me guettait probablement derrière la prochaine dune. Je n'avais pas encore rencontré mon croisement de chemins, ou peut-être l'avais-je dépassé sans le voir. Mais l'énigme Nora/Beatriz excitait en moi cette curiosité qui était apparue, en même temps que ma nouvelle queue, après le dernier soupir de Dorita.

Elle sortit de la caravane vêtue de ce qui avait été jadis une robe de soirée. Ses cheveux étaient retenus par un ruban et la maquilleuse lui avait posé un nuage rose sur les pommettes. Malgré son visage empreint de tristesse, ou peut-être grâce à cette tristesse, elle était belle. Si je n'avais pas été fidèle à ma promesse impossible vis-à-vis d'Ingrid, je serais tombé amoureux de Nora sur le champ.

Le réalisateur nous tendit des pages graisseuses, les lettres presque effacées par le temps et l'usure. Soldati avait le rôle du VOLEUR, Carlitos celui de l'INSPECTEUR, et moi je devais interpréter un personnage appelé MAR LÓPEZ. Nora était NORA et le vieillard prématuré que j'avais vu en arrivant lisait les dialogues d'un certain ANÍBAL, avec plus d'ennui que de talent.

Grimaldi cria “action !” et NORA apparut en haut d'une dune, la main levée devant son visage pour se protéger du soleil et regarda vers l'horizon.

ANÍBAL arriva peu après, tel une statue de sable, et s'arrêta à un mètre d'elle.

NORA *(retenant ses larmes)* : C'est inutile, cela l'a toujours été, Aníbal : nous avons perdu bien plus que quelques miettes de temps et nous ne les retrouverons pas dans cette immense horloge.

ANÍBAL *(indigné, mais sans colère, remplit une mission à laquelle il ne croit pas)* : Perdu ? Nous n'avons rien perdu, Nora ! C'est lui qui nous a volé, minute après minute, jour après jour ! C'est lui, le voleur de temps, un vampire insatiable du sang des autres !

L'INSPECTEUR *(arrive par la droite, d'un pas ferme)* : Ne t'en fais pas, petite, si un lâche t'a trahie, le gaucho est là pour laver l'offense. Et s'il faut la laver dans le sang, la main qui tiendra le poignard ne tremblera pas. *(Il s'approche de Nora, l'enlace, et regardant devant lui, commence à chanter)* : *"Si precisás de una ayuda, si te te hace falta un consejo, acordate de este amigo, que ha de jugarse el pellejo, pa' ayudarte en lo que pueda, cuando llegue la ocasión*."*

— Coupez ! hurla Grimaldi en grimpant sur la dune, fou de rage.

Gardel continuait à chanter et Soldati, à côté, faisait le chœur.

— Mais qu'est-ce que c'est que ce clown ? demanda- t-il. Est-ce que c'est ce qui est écrit sur le scénario ? Non ! Et qui vous a dit qu'il fallait chanter ?

Gardel, offensé, répliqua :

— Et tu es qui, toi, le morveux ? Sais-tu dans combien de films j'ai joué, tu le sais ?

* Toujours une chanson de Gardel : "Si tu as besoin d'aide, s'il te faut un conseil, souviens-toi de cet ami..."

Grimaldi, furieux, ne l'écoutait pas :

— Et en plus, c'est quoi cette prononciation horrible ? Qu'est-ce qui a pris à Egon de m'envoyer un acteur qui parle du nez* ?

— Je parle du nez, moi ? Je parle du nez ? Carlitos paraissait sur le point d'avoir un infarctus.

Je m'approchai du groupe et je pris le réalisateur par le bras.

— Et vous, qu'est-ce que vous voulez ? cria-t-il Virez-moi ces trois-là ! Et sortez le nasillard de mon plateau !

— Ce n'est pas un plateau, Grimaldi, lui dis-je calmement. Et lui, il reste là.

— Ah oui ? Et je peux savoir pourquoi ?

— Parce que ce que j'ai dans ma ceinture, c'est un revolver rouillé avec trois balles ; parce que j'ai envie de l'essayer et parce qu'il me semble que vous êtes un fils de pute sans cœur ni compassion ; parce que Nora, parce que Anibal, et, puisque nous sommes là, parce que moi.

Il se figea, glacé, regardant à la fois la crosse du .38 et mes yeux.

— Ça me plaît, dit-il au bout d'un moment. Vous avez du caractère et, après tout, quelques modifications ne feront pas de mal au scénario. Vous devez avoir une bonne histoire…

— Oui, mais elle m'appartient, Grimaldi, et je ne la cède pas. Cherchez un autre pigeon.

* Carlos Gardel avait une voix légèrement nasillarde.

Nora proposa que nous mangions quelque chose pendant que nous effectuions les changements. Nous nous réunîmes autour d'une grande marmite remplie d'un potage épais et à l'aspect peu engageant, mais qui sentait très bon. Le réalisateur ne me lâchait pas :

— Je pense que, plutôt que le détective Mar López, vous pourriez jouer un autre personnage, quelque chose de plus fort…

— Un musicien, dis-je.

— Je ne sais pas, quoique… Est-ce que Egon a emporté la guitare, Nora ?

— Tu sais bien que oui, dit-elle.

— Une guitare, j'en ai une, proposa Gardel.

— C'est bon, accepta-t-il. Alors, Octavio, vous serez un musicien ambulant qui parcourt le désert à la recherche des chansons que les gens perdent avec les années et leurs illusions ; un guitariste cosmique qui…

— Pianiste, dis-je sans cesser de manger. J'ai trop cédé dans ma vie. Je suis un pianiste ou rien.

— Mais, bordel, je vais le sortir d'où, ce piano ? se lamenta Grimaldi, ce qui fit sourire Nora. Vous ne voyez pas que nous sommes dans le désert, dans le trou du cul du monde ?

— Si vous avez du fil de fer, quelques planches et de la peinture, dit Soldati, je peux faire quelque chose…

— Vous voulez que moi, Claudio Grimaldi, je tourne une scène avec un faux piano ?

— Si vous pouvez tourner un film sans pellicule, murmurai-je, mais assez fort pour qu'il m'entende, je peux jouer sur un piano en planches.

Il ne répondit rien et s'enferma dans sa caravane pour réécrire le scénario. Gardel avait exigé d'être "le brave garçon un peu tête brûlée qui, après avoir parcouru le monde entraîné par les mauvais compagnons et l'absence de bons conseils, revient, vaincu, chez ses pauvres parents, les tempes argentées par les neiges du temps*" ; Soldati, lui, était d'accord pour jouer n'importe quel rôle, "mais que pour une fois, il lui soit donné de triompher, oui, de triompher". Il passa le reste de l'après-midi caché derrière l'autocar, avec les outils qu'il avait pu dénicher. Il ne laissa s'approcher que Carlitos, et je les entendais chanter, entre les coups de marteau, des chansons qui me rappelaient mon enfance, quand j'étais encore moi, avant de devenir cet autre. Je me couchai sur le sable et m'endormis en surveillant mon nuage qui me surveillait, pendant qu'eux, de l'autre côté de la dune, chantaient quelque chose à propos d'un type abandonné par tous, jusqu'à *"aquel perrito compañero, que por tu ausencia no comía, al verme solo el otro día, también se fué**"*.

Quand je me réveillai, la nuit tombait, et, à la place du nuage, je vis le visage de Nora. Elle m'embrassa doucement sur les lèvres et me prit par la main. En arrivant en haut de la dune, le souffle me manqua. Se découpant sur l'horizon violet, un piano à queue m'attendait, avec le sourire parfait de son clavier. Toute l'équipe était prête et Grimaldi me tendit le scénario. Je le lus à la lueur d'une lampe

* En gros, ce sont des paroles du tango *Volver*.

** Extrait de *La Cumparsita*.

de poche, d'un seul œil parce que de l'autre j'observais mes compagnons. Soldati rayonnait de gloire et Gardel arborait son chapeau de paille. Tous souriaient benoîtement et je soupçonnai que la provision de haschisch donnée par les jeunes de la colonie avait dû connaître une considérable diminution. Ce qui se confirma quand Nora alluma un pétard et me le glissa entre les lèvres. Le piano était posé sur une plateforme qui se déplaçait sur des rails en ferraille récemment graissés. A côté, le vieux phonographe de Gardel s'ouvrait comme une fleur tropicale. Le soleil tomba sans un bruit.

— Je n'ai pas de dialogue,dis-je à Grimaldi.

— Vous faites ce que vous voulez, Octavio, me répondit-il. Ce n'est plus mon film. Cette nuit, c'est votre film à vous, le film que chacun porte en soi. Vous, un pianiste, le gang... le monsieur au chapeau, un voyageur repenti, l'autre, le conquérant de je ne sais quoi. Nora sera elle, cette nuit, et moi, je laisserai faire sans chercher à modifier quoique ce soit.

— Et demain ?

— Demain sera un autre jour.

Gardel posa un disque sur le phonographe, et, contrairement à ce à quoi je m'attendais, ce ne fut pas sa voix qui revint du passé mais celle de Caruso chantant une romance douce comme du miel. J'attrapai le câble de la plateforme et je la tirai sur la dune. Elle se déplaçai sans difficulté. Nora surgit, nue, depuis l'autre côté, et marcha vers moi. Elle me caressa en passant et grimpa sur la plateforme. Je ne savais pas quelle distance couvrait le rail, mais je continuai à marcher, l'ombre de la caméra à mes côtés et la voix de Caruso derrière, déchirant le crépuscule. La lune surgit et je m'arrêtai. Le piano n'était pas seulement une construction pour un décor, c'était l'instrument dont j'avais rêvé toute ma vie. Et Nora, étendue nue sur l'instrument, était la copie d'Ingrid, de toutes les Ingrid que j'avais imaginées en silence. Nous parlions. Soldati arriva et dit quelque chose à propos de la révolution, et c'était comme un poème. Carlitos s'approcha à son tour, il enleva son chapeau devant le phonographe et dit que Caruso était le plus grand, "qu'il n'avait pas besoin de ces niaiseries qui consistent à briser des verres en cristal avec sa voix". Le disque se termina et Gardel raconta comment il l'avait rencontré en 1915, au cours d'une tournée au Brésil avec Razzano et la Compan˜ía Dramática Rioplatense. Et il ajouta que les morts, s'ils deviennent une légende, sont encore plus seuls, car leur vie cesse de leur appartenir.

— Ils deviennent quelque chose que les gens accrochent aux murs ou collent sur le pare-brise de leurs voitures, dit-il, quelque chose qui ne ressemble plus à rien ; parce que s'ils sont morts pour le monde, ils ne sont plus rien.

Et à voix très basse, il chanta :

— *Volvió una noche, no la esperaba, había en su rostro tanta ansiedad, que tuve pena de recordarle su felonía y su crueldad**...

* "Elle revint une nuit, je ne l'attendais pas, il y avait sur son visage tant d'angoisse, que je renonçai à lui rappeler sa trahison et sa cruauté."

Je l'accompagnai au piano et je peux jurer qu'il sonnait comme aucun piano n'avait jamais sonné. Soldati m'accompagnait sur la guitare de Gardel en ajoutant l'amertume de sa voix au refrain :

— *Mentira, mentira, yo quise decirle, las horas que pasan ya no vuelven más y así mi cariño, al tuyo enlazado, és solo un fantasma del viejo pasado que ya no puede resucitar**.

Nora dansait sur le sable, lentement, réinventant la chorégraphie triste du tango, et le vieil acteur dansa avec elle une histoire d'amour jamais hurlée mais toujours présente. Grimaldi dit "coupez" d'une voix si douce que le mot tomba dans le sable et devint sable. Il saisit le câble de la plateforme et la tira à son tour, comme si c'était une lourde croix et lui un Christ égoïste à la recherche du calvaire pour le calvaire. Nous continuâmes à chanter et à jouer dans l'air léger, pendant que Grimaldi traînait la plateforme d'un côté à l'autre de la dune. Nora dansait avec l'acteur qui jouait le rôle d'Aníbal, ce qu'il était cette nuit-là, à la lueur du clair de lune sur le désert. Demain serait un autre jour.

Lorsque la clarté du jour naissant vint salir le ciel, la magie disparut. Nora ne dansait plus, elle faisait l'amour avec le vieil acteur, sans le regarder dans les yeux, couchée sur le sable à côté des rails. Je fermai le couvercle du piano, qui n'avait plus l'air

* "Mensonge, mensonge, je voulus lui dire, les heures passées ne reviennent plus et ainsi mon amour enlacé au tien n'est que le fantôme du vieux temps qui ne renaîtra jamais."

d'un piano mais d'un tas de planches attachées par des bouts de fils de fer, et je sautai de la plateforme en mouvement. Gardel emporta le phonographe avec l'aide de Soldati. Nous retournâmes à nos voitures sans dire un mot et en partant nous vîmes, se découpant sur le prélude de l'aube, Grimaldi qui continuait à traîner sa plateforme comme un pénitent ses chaînes.

Je ne sais pas comment nous échouâmes dans le désert. Je suppose que nous avons dû descendre du mauvais côté de l'Atlas, ou tout simplement parce que c'était notre route, défoncée et éprouvante, mais la nôtre. Peut-être était-ce dû au silence anormal de Soldati, qui ne dit pas un mot et dormit toute la journée sur le siège arrière de la Lincoln. Nous le réveillâmes pour manger en arrivant dans un village, ce qu'il accepta avec mauvaise humeur. Même l'invitation de Gardel à chanter ensemble *Mi Buenos Aires querido* ne le dérida pas.

— Ne faites pas le gamin, voulez-vous ? lui dit-il. Vous avez genre cent vingt ans et vous n'avez toujours pas appris à prendre la vie au sérieux ?

Nous le laissâmes dormir dans sa bouderie et c'est peut-être pour cette raison que nous ne nous rendîmes pas compte que nous avions roulé toute la nuit en direction du désert. Au petit matin, quand Frédéric termina sa course, enfoncé dans le sable, il était trop tard. Nous étions en plein Sahara et sans la moindre carte. Gardel m'empêcha d'aller réveiller Soldati, et j'eus envie de hurler quand je le vis en train de préparer, le plus calmement du monde, la cérémonie du maté. Il aspira la première infusion et la recracha dans le sable. Il avala les deux suivantes et m'offrit la troisième, avec une cuillérée de sucre.

— Vous croyez que c'est une plaisanterie, lui dis-je. Comme vous êtes mort, vous n'en avez rien à foutre que nous soyons perdu dans le désert. Au final…

— Ne vous énervez pas, Octavio. Ecoutez-moi, quand la situation devient aussi désastreuse, elle ne peut que s'arranger. Et au moins, je ne crois pas que votre copain bolivien nous trouve dans ce tas de sable…

C'était d'une logique implacable et je ne sus que lui répondre. Je regardai le ciel au-dessus de moi : mon nuage était là. Soldati se réveilla au bout d'un moment et réclama un maté. Il était de nouveau la joyeuse crapule que j'avais connue à l'hôtel de Marrakech et je me calmai.

— Il faut trouver une oasis, Octavio. Nous avons de l'argent et quelques provisions, nous avons la Lincoln et nous avons…

Il farfouilla dans sa poche et en sortit un vieux thermomètre.

— Donnez-moi une merde de chameau et je soulèverai le monde, cria-t-il avec emphase.

Nous prîmes un petit massif montagneux comme repère pour revenir chercher Frédéric plus tard. Soldati se fabriqua un béret en nouant les quatre coins de son mouchoir. Il se mit en marche devant la Lincoln à la recherche d'un terrain plus ferme et d'une merde de chameau à analyser. C'était un véritable expert, et au bout de trois heures, nous arrivâmes à une oasis. Cela n'avait rien à voir avec une oasis de cinéma, mais apercevoir quatre bicoques et une publicité déteinte pour Coca- Cola en arabe me réjouit plus que tous les palmiers et les lacs paradisiaques du monde.

Un vieil homme maigre nous servit à manger dans une échoppe qui était à la fois un bar, une quincaillerie, une pharmacie et un poste à essence. Nous lui achetâmes à prix d'or une chaîne usée et des provisions. Et aussi une carte et des piles pour la radio de Carlitos. Après avoir parcouru quelques kilomètres, Soldati arrêta la voiture et nous étudiâmes les possibilités qui s'offraient à nous. Nous pouvions contourner l'Atlas et revenir à Marrakech par une autre voie, pour éviter le Bolivien ; ou chercher à rejoindre la côte en empruntant une route incertaine à travers le désert. Nous optâmes pour la première solution.

— Il faut partager, dit Soldati. Tout peut arriver dans le désert et si l'un de nous se perd ou s'il se fait tuer, les autres ne vont pas se retrouver sans argent ni papiers.

Nous fîmes l'inventaire des affaires d'Acévez et de ses hommes. Il y avait un bon paquet de faux dollars, mais des vrais aussi. Presque trois mille euros, des dirhams, des livres sterling. Soldati compta l'argent et le partagea en trois tas. Il fit de même avec les cartes de crédit, les armes et les munitions. Il examina les passeports et approuva avec une mine d'expert.

— Pour quoi faire, les passeports ? demandai-je. Il vaut mieux les brûler.

— Ils valent plus que les billets, Octavio. Si nous avions eu d'aussi bons faussaires quand j'étais avec les Montoneros…

— Ils se seraient enfuis avant, remarqua Gardel.

— Qu'est-ce qui vous arrive, mon vieux ? Vous êtes peut-être une célébrité ou pas, mais pour échapper aux responsabilités, vous êtes le roi…

— Je n'ai jamais dit que j'allais changer le pays, Soldati. Je me suis contenté de le chanter.

— Bien sûr, c'était facile : un avion qui tombe, vous mourez en pleine gloire, et il ne vous reste plus qu'à vivre de votre célébrité !

— Ne me faites pas chier, Soldati, le tango le dit bien, la célébrité n'est qu'une fable…

— Une fable ! Où étiez-vous quand ils ont chassé Perón en 55, où étiez-vous en 76 quand ils ont commencé à massacrer les gens, où étiez-vous en 82, au moment des Malouines ?

— Vous comprenez maintenant pourquoi je ne suis pas revenu ? me dit Carlitos essayant de m'impliquer dans leur dispute. Ce sont des emmerdeurs et ils ne sont jamais d'accord ! C'est pour ça que les psychanalystes se font de l'or en Argentine…

Soldati n'était pas prêt à rendre les armes.

— Ne faites pas l'innocent, Gardel, parce que vous aviez déjà un faux passeport que je n'étais pas encore né…

Le chanteur fronça les sourcils :

— Comment le savez-vous ?

Soldati s'adressa à moi, mais la colère de ses paroles était dirigée contre l'autre. Il raconta que beaucoup de gens ne s'en souvenaient pas, mais que Gardel était né à Toulouse en 1890, bien qu'il ait vécu depuis tout petit en Argentine. A la fin des années vingt, il était connu dans le monde entier, mais ne pouvait pas chanter en France parce que, ayant moins de quarante ans, il était considéré, selon la loi militaire de ce pays, comme déserteur.

— Et quand, en 1928, il a signé un contrat pour aller chanter à Nice, vous savez ce qu'il a fait, Octavio ? Il s'est fait faire un faux passeport uruguayen, qui disait qu'il était né à Tacuarembó en 1887 !

Carlitos était pâle et bégayait. Soldati, implacable, continuait à énumérer des faits et des dates. De sa méfiance du début, il était tombé en quelques heures dans la vénération ; mais une fois accepté l'impossible, il faisait tout pour démolir l'idole. Je me disais que nous nous ressemblions beaucoup, Argentins et Espagnols, dans cette quête du héros perdu. Nous avons besoin de mythes humains, mais nous nous plaisons à les lapider dès qu'ils sont à notre portée. Goya s'était trompé : dans notre cas, c'est le fils qui dévore Saturne pour pouvoir le pleurer après.

Gardel sortit son pistolet et visa Soldati, qui souriait toujours.

— Comment savez-vous tout ça ?

— Vous ne pouvez pas vous souvenir, comment le pourriez-vous, puisque vous vous cachiez ? *Odol pregunta*, ça vous dit quelque chose ? C'était un concours à la télé de Buenos Aires, auquel se présentaient des petits prodiges pour répondre à des questions qui pouvaient leur faire gagner un million. L'émission n'existe plus aujourd'hui, mais, pendant des années, c'était le plus connu des jeux télévisés. Il y avait un gamin, pas plus de onze ans, qui réussissait tout, étape après étape, et qui est devenu célèbre. Il savait tout sur la vie de Carlos Gardel et les journaux rapportaient chaque semaine son nouveau triomphe. (Soldati baissa la tête.) La nuit de la finale, quand la question à un million est tombée, il a mal répondu.

— Quelle était la question ? murmura Carlitos.

— Le nombre de morts dans l'accident d'avion de Medellin. Il a répondu qu'il y avait seize morts, parce qu'il refusait de vous compter parmi eux, dit-il dans un sanglot. Gardel ne pouvait pas mourir !

Le chanteur baissa son arme et posa sa main sur l'épaule de l'Argentin.

— Ne pleurez pas, Soldati, vous voyez bien que vous aviez raison.

— C'est bien pour ça que je pleure, fils de pute ! Pourquoi n'êtes-vous pas revenu à ce moment-là ? Vous savez ce que ça représentait un million de pesos à cette époque ?

Nous retournâmes vers l'Opel enveloppés dans trois silences différents. Gardel faisait semblant de dormir et ruminait les raisons qui l'avaient poussé à s'exiler afin gagner une immortalité qui ne lui avait servi à rien. Soldati, de son côté, plutôt que de penser à la mort, fumait les yeux fermés en se posant des questions sur ce qu'il avait fait de sa vie. Et la réponse ne lui plaisait pas.

Quant à moi, j'avais suffisamment de mots qui résonnaient silencieusement dans ma tête pendant que je conduisais la Lincoln en cherchant la montagne repère. J'avais perdu le compte des jours écoulés depuis la sieste au cours de laquelle j'étais devenu veuf, libre et fugitif. J'ignorais sur quelle partie de la carte je me trouvais et je ne savais pas si je pourrais jamais sortir de là. Et, le plus terrible, c'est que je me demandais si ma vie antérieure, avec Dorita, mon livre de comptes des naissances et des décès, mon quotidien fade et sans aspérités, n'était pas finalement mieux que ce temps sans temps, fait de sable et d'un nuage perspicace. Avec deux fous comme compagnons, un cadavre égaré et une queue démesurée qui ne lui servait à rien puisque Ingrid était restée loin derrière lui, Octavio Rincón était toujours une caricature de pauvre type qu'un artiste cruel avait laissée à moitié dessinée. Une ébauche qui ne méritait pas qu'on la termine.

Je perdis le cap et tournai en rond pendant plus d'une heure.

Alors, lorsque nous arrivâmes derrière l'endroit où nous avions laissé Frédéric et que j'aperçus la voiture du Bolivien et la fourgonnette de Soldati cachées derrière une dune, je ne dis rien.

J'arrêtai la Lincoln hors de vue, je glissai le .38 dans mon pantalon, et, sans répondre aux questions endormies de Gardel, j'escaladai la dune, à la recherche d'Acévez et de mon destin.

La chaleur était étouffante et le sable brûlant. Mais il y avait mon nuage personnel qui me protégeait du soleil. Et de l'oubli.

Un des types montait la garde et les autres dormaient à l'ombre de la fourgonnette. Inutile de les compter, ils étaient plus nombreux que les trois balles que j'avais. Acévez avait dû faire valoir sa position de chef et il était étendu sur le siège avant de la voiture, le pare-brise recouvert d'une bâche pour le protéger de la chaleur. Les portières étaient grandes ouvertes. La sentinelle ne me vit pas, parce qu'elle ne quittait pas Frédéric des yeux et que j'arrivais par derrière. Je rampai jusqu'au côté de la Lincoln et remarquai les sourcils froncés du Bolivien. Il mâchouillait des mots et son cauchemar devait être pénible, parce qu'il disait "non, non" sans arrêt. Je regardai derrière moi et je vis que notre voiture n'était plus là. Soldati avait dû prendre les choses en main et mes compagnons s'étaient enfuis à toute allure. C'était ce que j'espérais. Je m'amusai un petit moment à regarder le portrait de Gardel sur le flanc de l'estafette et je regrettai un peu de ne pas savoir s'il arriverait à régler son compte à Julio Iglesias. Je me glissai à l'intérieur de la voiture, le .38 à la main et j'enfonçai le canon dans la bouche ouverte du Bolivien, qui marmonna quelque chose puis ouvrit les yeux comme pour la première fois de sa vie.

— Rends-moi ma femme, lui dis-je tout bas.

Le canon l'empêcha de dire quoique ce soit. Je le retirai de quelques centimètres et répétai la question. Ses petits yeux dansaient de terreur, mais en même temps, ils cherchaient une échappatoire possible.

— Comment savez-vous que je l'ai ?

— Ne m'énerve pas, Acévez, je ne suis pas un idiot. Pourquoi auriez-vous volé une fourgonnette pourrie, si ce n'est parce qu'elle a un frigo ? Elle est dedans, pas vrai ?

Il acquiesça vaguement. J'armai le revolver, il leva la main :

— Je vous propose un deal, monsieur Rincón : je vous donne la fourgonnette si vous me rendez mon agenda. Et vous partirez tranquille. J'en ai assez du désert.

— Le revolver c'est moi qui l'ai, vous n'êtes pas en condition de faire des propositions.

— Et vous avez des balles pour tout le monde ? me défia-t-il.

— J'en ai trois pour vous.

— Je me rends. Mais je doute que vous vous en sortiez. Je commande ces gens, mais je ne suis pas le chef suprême, vous savez ? Et si vous m'utilisez comme bouclier, nous tomberons tous les deux.

Je réfléchis un moment, je ne savais pas trop quoi faire.

— Qui a la clé de la fourgonnette ? demandai-je.

— Personne. On a relié les fils.

— Parfait. Descendez, on s'en va.

Il voulut protester, mais le .38 l'en dissuada. Je pris les clés de la Lincoln et sans cesser de le tenir en joue, je sortis lentement de la voiture qui me dissimulait aux yeux des autres. J'appuyai le canon du revolver sur ses reins et nous avançâmes accroupis jusqu'à la fourgonnette. En le voyant s'installer au volant, le garde l'interrogea du regard. Acévez dit quelque chose à propos de la radio. Accroupi à côté de lui, je le menaçai à nouveau pour qu'il mette le moteur en marche et, lorsqu'il passa la première, j'écrasai son pied sur l'accélérateur avec le mien. Le fourgon dérapa sur le sable et fit un bond en avant. Les autres se mirent à crier et le Noir accourut. Le garde-boue droit le heurta et il tomba sur le côté. Un des types tira et les balles rebondirent sur la porte arrière. Nous roulâmes jusqu'à trouver le chemin cahoteux.

— Ils ne vont pas tarder à faire démarrer la voiture, vous savez ? dit-il.

— Possible. Mais ils tarderont suffisamment pour nous laisser du temps.

— Vous n'êtes pas si bête que vous en avait l'air, Rincón. Pour qui travaillez-vous ?

— Pour moi. Avant, je comptais les morts à Barcelone, et si ce n'avait été à cause de vous, je serais en train de faire une tournée avec Carlos Gardel. Savez-vous que, finalement, il n'est pas mort à Medellin ?

Le Bolivien me regarda de côté :

— Le Cartel. J'aurais dû m'en douter. Salauds de Colombiens !

Il m'expliqua que l'agenda ne nous servirait à rien si nous ne n'avions pas le code. Mais je lui répondis qu'il ne savait pas de quoi était capable l'Argentin avec un peu de fil de fer et des tenailles. Il sursauta.

— Vous allez me torturer ? Ecoutez, Rincón, je vous jure que je ne le connais pas moi-même...

Je ne répondis pas. En arrivant à une déviation, je le fis descendre et le visai jusqu'à ce que je le perde de vue, courant à toute vitesse sur ses jambes courtaudes. Puis j'appuyai sur l'accélérateur, surveillant mes arrières dans le rétroviseur. Les malfrats ne me suivaient pas, mais mon nuage, oui.

— Nous serons bientôt ensemble, Dorita, criai-je pardessus mon épaule pour qu'elle m'entende depuis son cercueil de glace.

Je roulai vite pendant plus d'une heure et deux fois de suite, je fus sur le point de capoter. Dans une courbe très serrée, la voiture sortit de la route et s'engagea violemment dans la pente. Ma tête heurta le plafond et je pensai que si Dorita avait été vivante, elle serait en train de hurler. Finalement, je pus arrêter la fourgonnette contre une dune. Je sortis et fumai une cigarette à l'ombre de mon nuage. J'écrasai le mégot dans le sable et me dirigeai vers la porte arrière. Il fallait que je la voie. Un courant d'air glacial me gifla le visage. Je montai dans le fourgon et coinçai la porte avec une pierre pour l'empêcher de se refermer. Il y avait des bacs de grande taille, quelques machines et ce qui ressemblait à un gros comptoir frigorifique. Je l'ouvris en tremblant. Je tâtai à l'aveuglette et il me sembla que mon cœur s'arrêtait de battre en sentant un os. Un bras ? Je soulevai la bâche et j'éclatai de rire quand je vis qu'il s'agissait d'un jeu de cuillers à glaces. Je continuai à rire comme un fou en les jetant pardessus mon épaule et que je les entendis rouler sur le sol, heurter la pierre et décoincer la porte. Je pleurai de rire quand la porte se referma dans un bruit de tonnerre et m'enferma. Je me roulai par terre en hurlant de rire quand, ayant terminé mon inspection du fourgon, je compris que Dorita n'était définitivement pas là, et que je resterais dans l'Histoire comme le seul pauvre type mort par congélation dans le désert et en plein soleil.

Je n'arrêtai de rire que longtemps plus tard, quand le froid me paralysa et que je sombrai dans un sommeil paisible. J'étais sur le point de glisser dans une mort douce, quand la porte grinça en s'ouvrant et que la lumière du jour m'aveugla.

— Faites-lui boire encore une gorgée, allez, dit Soldati. Pour voir s'il réagit. Et enlevez-lui ce flingue, un coup pourrait partir.

— Je ne peux pas : on dirait qu'il est soudé à sa main.

Gardel mit la bouteille entre mes lèvres de marbre et le liquide ambré coula dans ma gorge, creusant un sillon de feu. Je ne pouvais pas parler et je n'avais rien à dire. Dans ma tête de pierre ne passaient que des idées de glace, et la chaleur ne revenait pas malgré la couverture qui m'enveloppait et le whisky qui m'imbibait. Je cherchai un souvenir chaud, mais tous étaient givrés. Je pensai à Ingrid et la chaleur se propagea, sans romantisme aucun, de mon bas-ventre au reste de mon corps.

— Octavio ? Octavio ! dit Gardel. On dirait qu'il revient, Soldati !

— Cherchez dans le ciel, demandai-je, il est peut-être là-haut.

Carlitos hocha la tête, plein de compassion, mais ne regarda pas le ciel. Je me retournai comme je pus et, par la lunette arrière, je le vis, noir et rond.

— Ce nuage me suit, Carlitos. Au lieu de pluie, il renferme une question dont je ne connais pas la réponse. Vous la connaissez ?

J'ignore s'il la connaissait, parce que je m'endormis instantanément. Je fis plusieurs rêves, mais je ne me souviens que de brumeux visages accusateurs et la voix d'Ingrid qui répétait "Reste avec moi, je baiser bon."

Lorsque j'ouvris les yeux, j'étais seul dans la voiture. Le revolver pesait dans ma main et je sentis que c'était la seule chose vivante qui me restait. Un bourdonnement s'approchait et je sautai sur mes pieds comme un ressort, visant Carlitos.

— *Epa*, le méchant, je suis un gentil ! dit-il en souriant. Venez manger quelque chose, on tue mieux le ventre plein.

Je le suivis jusqu'à une chaumière entourée d'enfants. En chemin, je me disais que la nuit tombait, mais j'évitais de regarder le ciel. Avant d'entrer, Gardel me demanda de laisser mon arme, ou qu'au moins je cache ma main dans ma poche. C'était une pauvre maison, mais digne et simple. Une femme silencieuse nous servit des morceaux de viande d'agneau avec des légumes, pendant qu'un homme mince parlait à Soldati en français. D'après ce que je compris, Acévez et sa bande n'étaient pas passés par là. On entendait, venu de dehors, le bêlement des moutons, et un petit garçon brun me demanda ce que j'avais à la main. Son père le gronda et il s'éloigna dans un coin de la maison, mais son regard ne quittait pas ma poche. Lorsque l'homme sortit, Soldati vint s'asseoir à côté de moi et me parla sur le ton de la confidence :

— Vous allez mieux, Octavio ? Vous êtes un peu fou… Vous voulez me dire pourquoi vous vous êtes rendu alors qu'ils ne nous avaient pas vus ?

— Je ne me suis pas rendu. Ils étaient autour de moi. Est-ce que savez où nous sommes ?

— En vrai ? Pas la moindre putain d'idée. Le type m'a donné le nom de deux ou trois villages, mais aucun n'apparaît sur la carte. Je crois pourtant que nous sommes sur la bonne route…

— Mais vous ne savez pas où, conclus-je.

Il eut l'air un peu vexé. Nous payâmes le repas et en sortant j'eus la surprise de voir ma vieille Opel à côté de la Lincoln et de la fourgonnette. Soldati me dit que les trois voitures avaient leurs réservoirs pleins et qu'elles étaient prêtes à poursuivre le voyage.

— Nous avons profité de ce que les mafieux étaient à vos trousses, dit l'Argentin. Une voiture, c'est comme un cheval ou femme, Octavio : ça ne se prête pas.

Ils s'inquiétèrent de savoir si je pouvais conduire, je dis que oui, sans en être très sûr. J'eus du mal à lâcher le .38, mais j'y parvins en pensant à un piano et à Ingrid. Nous roulâmes toute la nuit sans rencontrer un seul panneau indicateur. Le lendemain matin, nous rencontrâmes deux ou trois bergers qui parlaient un dialecte inconnu. Le paysage était toujours le même, mais le coucher de soleil était éblouissant avec ses pétarades de couleurs et mon nuage comme une tache sur une photo parfaite. Nous nous arrêtâmes pour la nuit sur un plateau depuis lequel nous avions une bonne visibilité, au cas où quelqu'un s'approcherait. A part une poignée de petites lumières lointaines qui signalaient un village, nous étions seuls et perdus. Gardel fit chauffer un sachet de soupe et mit à rôtir une épaule d'agneau qu'il avait achetée aux habitants de la chaumière. Nous mangeâmes en silence. Soldati alluma la radio, cherchant frénétiquement des nouvelles du match, et, lorsqu'il hurla un juron, je crus que l'Argentine avait pris un but.

— Il faut déclarer la guerre ! criait-il. C'est un attentat !

— Un penalty ? demandai-je.

Il me mit le casque sur les oreilles et j'entendis une nouvelle fois Julio Iglesias massacrer le tango *Caminito*. Je tendis le casque à Gardel, qui le refusa. Soldati lui posa la main sur l'épaule :

— Maintenant, je vous comprends, Carlitos, dit-il. A votre place, je pense que je voudrais aussi le tuer.

Gardel me tendit un pétard allumé et hocha la tête.

— Il y a des années que je subis ces outrages. C'est le problème quand on est mort : les gens vous vénèrent, mais en même temps le respect se perd. Vous vous souvenez de Los Panchos ? Là aussi cela m'a mis hors de moi ! Ces tangos chantés comme des boléros, on aurait dit un truc de pédés. Mais des guitares… C'est pour ça que j'ai supporté.

— Et… si ce n'est pas indiscret… (Soldati, debout, dessinait un rond sur le sable avec le bout de son pied.) Vous pouvez me dire où vous étiez toutes ces années ?

— Ici, là. Nous n'avons pas beaucoup de règles, à part passer inaperçus et renoncer à la vie que nous avons quittée : c'est le prix. C'est pour cela que je ne suis jamais retourné au pays, même pas pour revoir ma vieille mère…

— Doña Berta… évoqua Soldati. Au moins, en ce qui me concerne, j'ai pu m'occuper de ma mère et lui offrir une vieillesse heureuse. Fière de la réussite de son fils qui… Vous avez dit "nous n'avons" ? Il y en a d'autres comme vous ?

— Quelques-uns.

Gardel détourna les yeux et prit la bouteille de whisky.

— D'autres morts célèbres qui se baladent par là, vivants et masqués ?

— Dans ces montagnes, il y en a plusieurs. Je pense que je ne devrais pas parler de ces choses, mais après ce que nous avons vécu ensemble… Vous aimeriez connaître quelqu'un en particulier ?

Soldati s'éclaircit la voix avant de parler et dit, ému :

— Che Guevara ?

Gardel fit non de la tête.

— Il y a des gens qui ne vivent qu'une seule fois mais qui vivent vraiment, Soldati. Et quand ils meurent, ils meurent pour de bon.

Je cherchai dans ma mémoire un héros que j'aurais aimé connaître, mais je ne me souvenais que de personnages de BD, et demander des nouvelles du Guerrier de l'Antifaz* me paraissait peu sérieux. Gardel partit se coucher et je pris la première garde, en compagnie d'un Soldati pensif qui n'écoutait sa radio que d'une oreille.

— Si on s'en sort, dit-il brusquement, j'enverrai se faire foutre la Révolution et je ferai faire en sorte de devenir riche.

— Ce n'est pas ce qu'ils font tous ?

— J'ai toujours pris trop d'initiatives, vous savez ? Mes compagnons ne m'appréciaient pas beaucoup pour ça. Mais j'ai créé une invention infaillible, et quand je déposerai le brevet, je serai plein aux as.

— Je vous félicite.

— Si vous pouvez garder un secret, je vais vous le raconter.

Il n'attendit pas ma promesse.

— J'ai inventé la mémoire sur mesure ! Vous savez quel est le problème de notre époque ? C'est que les gens ne savent pas ce qu'ils veulent, et quand ils le savent, c'est trop tard ! Bien sûr, tu peux toujours mentir, et dire que dans ta jeunesse tu étais le buteur de ton équipe, ou que les femmes te couraient après ; mais au fond de toi, il y a cette voix qui te dit que tout est faux et, putain, à quoi ça sert de convaincre les autres, si toi-même tu n'es pas convaincu ?

Il continua à parler de sa méthode et d'après ce que je réussis à comprendre, cela consistait à rembobiner la mémoire jusqu'au point où le sujet se trompait de

* Héros d'une bande dessinée espagnole, combattant, au XVe siècle, pour les Rois catholiques contre l'envahisseur arabe.

chemin. Alors, il lui fallait reprendre une autre direction et corriger le cap : si le ballon avait tapé le poteau parce qu'il lui avait donné trop d'effet, à la prochaine occasion il frapperait plus efficacement et donc il réussirait à marquer un but ; si la fille qui le rendait fou s'intéressait à un autre, il fallait la laisser tomber avant, et comme ça avec tout.

— Avec *presque* tout, corrigea Soldati, parce qu'en fait, je dois encore fignoler quelques détails. Mais quand ce sera au point, ce sera la fortune assurée, ça oui.

— Je ne sais pas, moi, ça me paraît un peu faible. Il y a les livres. Napoléon, par exemple, même s'il avait pu réussir à se persuader d'avoir remporté la victoire à Waterloo, l'histoire l'aurait démenti, non ?

— Et qui s'intéresse à l'Histoire ? Ce qui est certain, c'est que si Bonaparte avait connu mon invention, il serait resté tranquillement à la maison à s'occuper de la Joséphine au lieu mener toutes ces guerres de conquêtes. Vous ne comprenez rien, Octavio : il s'agit que les gens sachent que l'on peut être heureux. Cette assurance est plus précieuse que toutes les couronnes.

— Qu'est-ce que vous changeriez, Soldati ?

Il but un coup à la bouteille et réfléchit. Puis, il parla à voix très basse et je crus voir ses mots voleter au-dessus du feu. Il se laissa aller à des souvenirs douloureux :

— Moi ? Je changerais la date de la réunion où je ne suis pas allé parce que j'avais une maladie petite-bourgeoise, la grippe, pendant que mes compagnons tombaient dans le piège tendu par la milice ;

je changerais ce bar de la Plata où l'on m'a arrêté un après-midi de l'hiver 76 ; je changerais le moment où j'ai cru ce fils de pute de tortionnaire qui me répétait encore et encore pourquoi tu fais le dur, gamin, les autres ont déjà parlé et c'est ta fiancée qui t'a dénoncé, qu'est-ce qu'elle est bonne celle-là, et quelle salope, comme elle suce bien le capitaine, et la semaine prochaine on va la relâcher pour sa collaboration et toi, là, souffrant comme un con par fidélité à quoi, tu dis seulement des noms et je coupe le courant, sinon quand tu sortiras d'ici, tu ne serviras plus à rien…

Je compris qu'il pleurait aux secousses de ses épaules, mais sa voix gardait le ton monocorde d'une prière sans espoir de pardon.

— Et j'échangerais cette trahison de merde contre une mort honorable, parce que Leticia n'avait pas parlé, elle a été tuée dans une fusillade, et moi, on m'a coincé au cours d'une rafle de routine !

Il se perdit entre les voix lointaines de la radio et celles de ses remords. Je finis la bouteille de whisky d'un coup et je m'endormis en pensant à l'invention de Soldati. Je rêvai que je me retrouvais ce jour où mon père avait dit non à madame Llopet et à mon avenir de pianiste, et que, alors qu'il secouait la tête avant même d'exprimer son opposition à haute voix, je criais d'une voix ferme :

— Père, si vous n'avez pas pu réaliser vos rêves, laissez-moi rêver pour nous deux.

Il me regardait d'un air surpris et avant qu'il ouvre la bouche, ma mère prononçait d'une voix plus ferme que jamais :

— Laisse-le, Joaquín. Ou je te quitte.

Mon père reconnaissait son égoïsme et j'entrais au Conservatoire, je passais l'examen final avec tous les honneurs et je lui dédiais un grand concert à Milan et le présentais au public comme le moteur de ma réussite, je faisais trois révérences avant de quitter la scène et retourner à ma loge qui, lorsque je fermais la porte, devenait l'hôtel de Marrakech avec Dorita morte sur le lit et la voix de Gardel sur fond musical chantant un tango avec Julio Iglesias.

Lorsque je me réveillai, le soleil était déjà haut et escorté par mon nuage. Un léger sifflement asthmatique se faisait entendre. Carlitos, debout devant moi, semblait attendre quelque chose. Il me tendit un papier sur lequel était écrit :

"Il n'y avait pas coup franc du tout. Et le troisième but ne valait rien. Si l'arbitre n'avait pas été acheté, l'Espagne n'aurait jamais gagné trois à zéro. J'espère qu'en finale ils vous écraseront.

PS : Allez vous faire foutre, vous et ce Français falsifié.

Signé : Soldati."

Le poste de radio était à moitié enterré dans le sable. Il était parti avec Frédéric en emportant les passeports et la moitié des provisions. Et puis il s'était appliqué à enfoncer des cure-dents dans les valves des pneus des deux voitures, qui lâchèrent ce qui leur restait d'air dans un dernier soupir.

TROISIÈME PARTIE

Tengo miedo de las noches
que pobladas de recuerdos
encadenan mi soñar.
Pero el viajero que huye
tarde o temprano detiene su andar.

CARLOS GARDEL/ALFREDO LEPERA
Volver

(Medellin, 1935)

Il respire profondément pour cacher ce ventre qui surgit au moindre manque d'attention et il jette sa cigarette. Il l'écrase avec son pied en traçant un cercle du bout de sa chaussure vernie, un cercle moche, un dessin irrégulier de cendre. Il souffle dans le creux de sa main pour contrôler son haleine et il sait qu'ils s'en apercevront. Mais au lieu de lui reprocher son inconséquence, ils le regarderont en silence et hocheront la tête d'un "non" chargé de fatalisme.

Carlitos se contemple dans le miroir de la salle de bains pour la dixième fois et ce qu'il voit ne lui plaît toujours pas. Son costume est luxueux mais il ne lui va pas, il n'a pas besoin qu'on le lui dise. Ils ne s'en sont pas encore rendu compte, parce qu'ils voient le Gardel d'aujourd'hui, mais lui, ce qu'il voit dans le miroir, c'est le Gardel d'après-demain. Et celui-ci ressemble beaucoup à un vieil homme qu'il a rencontré un jour à Barcelone.

C'est pour cette raison qu'il s'est décidé.

Il approche son visage du miroir. Il est pâle. Ses cernes le trahissent et il a peur.

— Je crève de peur, avoue-t-il au miroir.

Revenir, il réfléchit et il sait que non, qu'il ne reviendra jamais à Buenos Aires. Il regarde son sourire et il le voit flou, plus faux que jamais.

— Il s'use à chaque photo, dit-il comme une mauvaise blague.

On frappe à la porte et il crie "Un moment !", avec une force qu'il n'éprouve pas. Il n'a presque rien mangé et, la nuit dernière, lorsqu'il a fait ses adieux au public colombien de l'émission "La Voix de la Victor" de la radio de Bogota, il était le seul à savoir que ces adieux étaient définitifs. A présent, dans les toilettes de l'aéroport, il profite de sa solitude précaire pour réfléchir à deux ou trois choses.

S'il pouvait arriver au mois de décembre, il fêterait ses quarante-cinq ans. Mais il n'y arrivera pas et il le sait. Il se sent ballonné et de mauvaise humeur. Depuis des mois, il essaye de trouver un moment de solitude totale, pour confirmer le doute qui le poursuit. Et il a trouvé ce moment à Long Island, alors qu'il tournait quatre films l'un après l'autre, parce que la Paramount avait parié gros sur lui et devait rentabiliser l'investissement. A la fin d'une journée de tournage de Tango Bar, *il était resté dans sa loge. Lorsque ses compagnons étaient venus le chercher, il leur avait dit qu'il voulait rester seul pour écrire une chanson qui lui trottait dans la tête. Il les rejoindrait plus tard. Il était sorti dans l'immensité vide du studio et s'était placé au centre même de la pénombre. Et là, sans témoins, sans éloges, il avait chanté à pleine voix, sans faire appel aux petits arrangements nés de son savoir-faire, qui le retenaient, à chacune de ses prestations, d'aller au-delà de ses possibilités vocales. Et là, il avait chanté jusqu'à se rendre à l'évidence, écrasé par le poids de la vérité qu'il connaissait et à laquelle il s'attendait depuis ce jour de mil neuf cent onze, à Buenos Aires. Il perdait sa voix. Ils n'avaient rien vu, parce qu'ils écoutaient le Gardel d'aujourd'hui, et lui, lui savait comment chanterait le Gardel d'après-demain.*

Le jour suivant, il n'était pas allé au studio et il avait erré dans les rues de New York. La ville parlait de Gardel, la nouvelle star latino de la Paramount, et des journalistes allaient jusqu'à le comparer à Valentino. Mais ce qu'il cherchait dans la ville c'était qu'elle entende sa douleur. New York est un énorme tas de pierres, se dit-il. Et les pierres n'entendent rien. Dans son désespoir, il avait perdu le chemin qui aurait pu le mener à la découverte d'un nouvel espoir. Au coin du Metropolitan Theater, rêvant avec nostalgie aux temps anciens, il avait rencontré Caruso.

Gardel passe de l'eau sur son visage, mais les cernes ne s'effacent pas, la peur non plus. Il se souvient de sa stupeur en se trouvant nez à nez, en février mil neuf cent trente-cinq, avec le ténor mort dans cette ville en mil neuf cent vingt et un. Caruso l'avait serré dans ses bras et ils avaient bavardé pendant un moment, se remémorant cette tournée au Brésil, en mil neuf cent quinze, au cours de laquelle ils s'étaient connus. Ensuite, très respectueusement, Carlitos avait demandé au maestro ce que diable il faisait là, vivant, alors qu'il était mort pour le monde depuis bientôt quinze ans.

— "Volver", revenir, avait répondu Caruso. N'est-ce pas le titre d'un de vos tangos ?

Et il lui avait parlé.

Il lui avait dit comment faire.

On frappe de nouveau à la porte et il sait qu'il ne peut plus retarder le moment. Le bruit des moteurs de l'avion arrive de l'extérieur jusqu'à lui. Il a de la peine pour eux, pour ceux qui vont mourir. Mais on lui a dit qu'il n'y pouvait rien. Cela allait arriver, de toute façon, avec ou sans lui.

Il se regarde une dernière fois dans le miroir et ne s'aime toujours pas.

— Est-ce que je veux mourir ? interroge-t-il son image. Son image ne répond pas.

(Buenos Aires, 1935)

Le journal, paru ily a seulement quelques heures, est déjà dépassé. La jeune fille le regarde tristement parce qu'elle en connaît le contenu et qu'elle le déteste. La date ment sur une fraîcheur que le journal a perdu : vingt-cinq juin mil neuf cent trente-cinq. Les bruits de la pension sont une musique grinçante qui la dérange, cette nuit, comme tout le reste. Elle cherche la photo découpée dans un magazine, et le célèbre sourire ressemble à un rictus. Elle s'attarde sur l'information qu'elle connaît par cœur, parce que le message est maintenant dans le cœur de toute l'Argentine :

"Le trimoteur Ford F-31 de la Société aérienne colombienne (SACO), arrivé à l'aéroport Olaya Herrera de Medellin, en provenance de Bogota, à 14 h 30, et devant décoller à 15 h 10, s'est écrasé après 500 m de piste contre un avion de la Compagnie allemande de transports aériens. Le choc aprovoqué un effroyable incendie au cours duquel ont péri..."

La jeune fille lève la tête et cherche son reflet dans la vitre de la fenêtre. Elle regrette qu'il n 'y ait pas de miroir.

"J'en aurai un, un jour", se dit-elle.

Les immeubles se découpent dans l'obscurité et sur eux, comme un fantôme, flotte sa silhouette fine d'actrice malchanceuse. Buenos Aires l'effraie depuis qu'elle est y arrivée à la recherche d'une célébrité qui la fuit, mais cette nuit, la ville l'effraie encore plus. La une du journal reproduit le visage de la photo et le sourire de l'homme mort il y a quelques heures à peine et pourtant si présent. En apprenant la nouvelle, elle a ressenti de la peine pour l'idole disparue en pleine gloire. Mais là, au cœur de la nuit, elle l'envie. Parce que Gardel ne vivra plus jamais les angoisses du doute et qu'il restera pour l'éternité un chanteur au sommet.

Elle croit qu'un grand destin l'attend, mais parfois, dans la misère de la pension, elle pleure, étouffant ses gémissements, résistant à l'envie de renoncer. Elle ne peut pas être plus bas, elle rêve à la façon de s'envoler vers la gloire. Et elle est si sûre d'y arriver qu'elle pense avec angoisse au moment où la chute s'amorcera.

— L'histoire est écrite par ceux qui gagnent. Ce qui veut dire qu'il existe une autre histoire. Que ceux qui veulent l'écouter l'écoutent, dit-elle à voix haute, et elle décide de garder cette idée.

La photo du journal la regarde. Elle se lève et va jusqu'à la fenêtre, s'inscrit dans la silhouette fantomatique qui couvre Buenos Aires. Comme une prière, elle répète la phrase du journal :

"Quand les pompiers ont réussi à éteindre les flammes, ils ont pu constater que le sinistre avait fait dix-sept victimes..."

Il lui semble que l'immense tas de pierres qu'est Buenos Aires pleure dans la pluie qui tombe.

"[...] le corps carbonisé de Gardel a été identifié grâce à un bracelet où étaient gravés son nom et son adresse : Carlos Gardel, 735 rue Jean-Jaurès, Buenos Aires."

Evita Duarte approche ses lèvres de la vitre et y dépose un baiser.

— Ne me tue pas, dit-elle à la ville.

La ville ne répond pas.

(Au bord de la mer)

Le village était plus loin que je le pensais et la marche solitaire sous le soleil me sembla durer une éternité.

Mon nuage était resté auprès des voitures. Nous avions tiré au sort et c'est à Carlitos qu'était revenu la responsabilité de garder le campement. Il avait insisté pour que j'emporte un autre revolver, parce qu'il était sûr que le .38 ne fonctionnait pas. Il était furieux contre Soldati et il se méfiait de tout ce qui avait avoir avec lui.

— C'est pour ça que je suis parti en 1935, Octavio ! Vous n'imaginez pas à quel point les Argentins sont exigeants ! Je commençais à prendre un peu de ventre et je gagnais plus d'argent en faisant du cinéma qu'en chantant... J'allais à Paris, New York ou Barcelone, où le public m'idolâtrait. Au contraire, à Buenos Aires, chaque fois que je revenais, je devais refaire mes preuves.

Mais même ses plaintes que j'écoutais par pure politesse n'étaient plus à ce moment qu'un aimable souvenir, sous le soleil qui brûlait ma calvitie et faisait mijoter à petit feu mes doutes les plus tenaces. Si Dorita n'était pas dans la fourgonnette de Soldati, où était-elle, nom de Dieu ? Peut-être son corps était-il gardé par Acévez dans un frigo quelconque pour servir d'échange contre l'agenda qui le préoccupait tant. Mais je n'avais pas cet agenda. J'essayai de me souvenir de la nuit à La Mamounia, mais tout était très vague. La salle où avait lieu la soirée, le triomphe de la sélection argentine, les seins volcaniques de la danseuse, le taxi… et Soldati fouillant dans les poches de la veste du Bolivien ! Je me souvenais du petit agenda électronique, porteur de secrets, d'adresses, voire d'un code pour le trafic de drogue dans lequel était mêlé Acévez. Mais je n'arrivais pas à me rappeler ce que Soldati en avait fait.

Un tout-terrain s'arrêta à côté de moi, me faisant sursauter.

— Vous venez le voir, vous aussi ? demanda le garçon mince et barbu qui était au volant.

Je répondis que oui d'un signe de tête, et il m'invita à monter dans la voiture où se tenaient deux filles bien nourries et un garçon grassouillet. Ils étaient tous euphoriques, sauf le gros, qui parlait espagnol avec un accent français.

— Vous l'avez déjà vu ? demanda une des filles.

— Non, en fait non.

— C'est très difficile, fit remarquer le gros. Il ne reçoit pas n'importe qui et il a raison. Avec tant d'arrivistes qui se promènent par là, un génie se doit de choisir ses contacts.

— Il y en a qui ont passé des semaines à attendre, dit le maigre, et qui sont repartis sans avoir pu le voir.

— Je suis sûr que cette fois, il acceptera de me recevoir, dit le gros comme dans une prière.

Je répondais par monosyllabes parce que je n'avais pas la moindre idée de qui était celui dont ils parlaient, mais chaque minute qui passait nous rapprochait du village. Je fus surpris par la foule d'étrangers qui faisaient la queue sous le soleil dans la seule rue pavée du village. Je comptai trois équipes de télévision et toute une collection de personnages aux airs d'intellectuels, affalés sur les trottoirs, se disputant un petit coin d'ombre. Le gros indiqua une direction, et le maigre qui m'avait dit s'appeler Robert stationna le tout-terrain devant une maison pareille à toutes les autres, mais entourée de gens qui attendaient.

— Des vautours, marmonna le gros, des vautours arrivés de partout. Comme il va recevoir le Nobel cette année, ils sont prêts à mourir ici dans l'illusion de recueillir des miettes de sa gloire.

— Ça a l'air de t'énerver, Patrick, dit la femme qui avait l'air d'être la sienne à en juger par l'air ennuyé avec lequel elle se tenait contre lui. Est-ce que par hasard tu ne chercherais pas la même chose qu'eux : le prestige de le connaître, la petite anecdote à vendre à un journal, ou le mot d'encouragement qui fera de toi une bonne putain de fois un écrivain consacré ? Tu auras peut-être de la chance, qui sait, et je pourrai m'arrêter de travailler comme une conne pour payer tes dépenses…

— Salope, prononça le gros comme s'il s'agissait de son nom. Tu sais très bien que je le méprise et que mon seul but est de briser son mythe devant le monde entier. Son écriture est à chier et ses idées caduques. Ce n'est que du marketing de merde et, quand je l'aurai devant moi, je le lui dirai en pleine gueule…

Je me désintéressai de la discussion, qui avait dû commencer bien avant cet après-midi, et je demandai à Robert ce qu'ils cherchaient.

— Le maître, répondit-il. Il est chez lui.

— Et pourquoi vous n'entrez pas ? La porte est ouverte…

Ils sourirent tous les quatre de ma naïveté et l'une des filles m'expliqua que c'était impossible. Tous ces gens qui venaient du monde entier pour voir le plus grand écrivain vivant savaient qu'il fallait attendre : quand lui déciderait que le moment était opportun, il apparaîtrait à sa fenêtre, ferait signe à un groupe de fidèles et les autoriserait à pénétrer dans sa demeure. Le gros affirma que c'était bien une preuve supplémentaire du caractère despotique de Mowles, “qui se la pète vraiment”.

Tout ça me parut très bête, mais je ne voulais pas les offenser et je me mis à la fenêtre pour observer le village. Peu de maisons, quelques petites boutiques, la plupart d'entre elles transformée en auberges improvisée ou en épiceries pour répondre à la demande des fidèles de ce Mowles. Je demandai au gros Patrick s'il connaissait un mécanicien dans le coin, et il se mit à rire. Les autres aussi, et je commençai à en avoir assez de tous ces petits apartés.

— Les seules voitures qu'il y a ici sont à Mowles, m'informa la femme du gros. Et il les déteste, comme tout ce qui est matériel, mais ce sont des cadeaux de ses admirateurs et il s'en sert pour se promener dans le désert quand il cherche l'inspiration.

— Alors, il doit avoir des outils.

Ils me regardèrent comme si j'avais parlé chinois, mais avant qu'ils se remettent à rire et que je sois obligé de sortir mon .38 pour les faire taire, je les remerciai et descendis du tout-terrain.

— Où allez-vous ? me demanda Patrick affolé.

— Je vais demander à ce fameux Mowles qu'il me prête quelque chose pour gonfler mes pneus.

Les fidèles réunis autour de la porte s'agitèrent, scandalisés, en me voyant m'approcher de la maison, et lorsque je passai le pas de la porte, un murmure d'affolement se fit entendre. La porte était entrouverte et je la poussai. A l'intérieur, l'air était frais mais chargé d'odeurs rances et la pénombre était profonde.

— Il y a quelqu'un ? demandai-je.

Personne ne répondit. J'avançai dans une pièce au sol couvert de bouteilles vides et de vieux paquets de chips. Un chat gras et méfiant m'observa pendant un petit moment et décida que je n'étais pas dangereux. Il se frotta contre mon pantalon. Je le caressai et le contact doux de son poil me rappela que Dorita ne m'avait jamais autorisé à avoir un chat. Ni un chien. Ni un canari. A vrai dire, la seule présence animale dans notre maison était une tête de cerf naturalisée, un trophée de chasse ayant appartenu à son père, ce qui lui suffisait.

Le chat ronronnait et se coucha sur le dos pour que je continue à le caresser.

— Etrange, dit une voix venue de l'obscurité. Vous lui plaisez.

Alors je le vis, une ombre floue étendue dans une chaise longue. Il était vieux et squelettique. Seule sa voix possédait encore la trace d'une grandeur passée. Ses cheveux blancs et emmêlés étaient sales, comme son débardeur et son bermuda usé.

— Mowles ? demandai-je.

— C'est ce qu'on dit. Mais c'est étrange, Jorge Luis se laisse caresser par vous…

— C'est ce que font tous les chats, non ?

— Depuis toutes ces années qu'il vit avec moi, dit Mowles, il ne m'a jamais laissé le toucher. Et chaque fois que j'essaye, il me griffe. Voulez-vous un whisky ?

— Je préfèrerais un bourbon. Ça me rappelle un ami qui m'a abandonné dans le désert.

Le vieux se leva et je vis qu'il était plus petit qu'il ne m'avait paru. Il fouilla dans une armoire pleine de bouteilles et servi deux verres.

— Et vous continuez à le considérer comme un ami ?

— Oui. C'est bizarre, mais je suis sûr qu'il existe un tango pour expliquer ça…

— Curieux. Vous voulez combien de glaçons ? Autant que vous voulez : de tous les cadeaux absurdes qu'ils m'apportent, cette machine à fabriquer des glaçons est la seule chose utile. Ça et les boissons, évidemment.

Il me désigna une chaise longue crasseuse et je m'assis. Jorge Luis n'hésita pas et s'installa sur mes genoux. Après tant de jours sans Ingrid, cette marque d'affection m'attendrit. Mowles était stupéfié.

— C'est incroyable, mais puisque Jorge Luis vous accepte, alors moi aussi. Que voulez-vous ? Une interview ? Une préface pour une nouvelle collection ? Ou vous venez de la télé ? Cette année, j'avais décidé de ne plus accepter de documentaires, parce qu'ils ont la manie de m'emmener dans le désert pour que j'explique la genèse créative de ma solitude en pleine nature, et il est vrai, entre nous bien sûr, que le désert m'a toujours semblé une saloperie de merde. (Il soupira.) Mais vous êtes rentré et Jorge Luis vous aime, alors j'accèderai à toutes vos demandes. Que voulez-vous de moi ?

— Est-ce que vous n'auriez pas quelque chose pour regonfler des pneus ? Une pompe à pédale, un compresseur, n'importe quoi...

Mowles ouvrit la bouche et, profitant de ce qu'elle était ouverte, il y versa le reste du bourbon de son verre. Il le remplit à nouveau, ainsi que le mien. Nous trinquâmes.

— Vous voulez dire que vous n'êtes ni écrivain, ni critique, ni journaliste ?

— Heu... Non. Avant j'étais fonctionnaire, à la mairie d'une petite ville près de Barcelone, je ne pense pas que vous la connaissiez, et là, j'étais sur le point de partir en tournée comme pianiste avec un chanteur mort. Rien d'autre.

J'avalai une gorgée.

— Ah, oui ! Je crois que je suis veuf, mais je ne peux pas l'assurer… J'ai perdu le cadavre.

— Incroyable, dit le vieux. Vous entrez ici et vous ne demandez rien au grand Mowles…

— Quelque chose pour gonfler mes pneus, je vous l'ai déjà dit.

Je me levais, vexé et un peu nauséeux à cause de tout le bourbon.

— Mais si ça vous dérange vraiment, je vais vous laisser là avec vos bouteilles vides, votre chat qui ne vous aime pas et votre machine à faire des petits cubes. Mon ami qui m'a abandonné dans le désert, celui qui m'a niqué les pneus de ma voiture, vous savez ? disait toujours "s'il y a de la misère, qu'elle ne se remarque pas", et il avait raison. Et vous, vous êtes un vieux merdeux qui vous permettez de le juger. Lui, au moins, il a inventé une méthode pour rembobiner la mémoire, et si vous lui donnez un bout de fil de fer et des tenailles, il est capable de vous réparer même une fusée…

— Attendez ! Ne vous fâchez pas, mais tous ces gens qui cherchent à me voir me désespèrent ; ils s'attendent à ce que j'émette des idées géniales à tout bout de champ, ils prennent note de chaque mot que je prononce… Vous me croirez si vous je vous dis qu'ils en viennent à me voler mes caleçons sales pour les vendre comme des reliques ?

Je lui pardonnai et nous bûmes un autre verre de bourbon. Je lui dis que je n'avais rien avalé depuis la veille au soir, il chercha quelque chose à manger dans un placard rempli de bouteilles et ne trouva rien.

— Ce n'est pas grave, dit-il. Tenez bien Jorge Luis, dans deux minutes, nous aurons de quoi faire un banquet.

Je ne compris rien mais j'attrapai le chat qui se laissa faire pendant que le vieux attachait une carte à son collier. Il trouva un feutre graisseux et écrivit sur la carte les mots “A manger”. Le chat se libéra majestueusement et marcha jusqu'à la porte. Nous attendîmes son retour en buvant en silence. Je proposai une cigarette à Mowles et j'en allumai une. Au bout de quelques minutes, nous entendîmes des pas timides qui s'approchaient de la porte et une voix pleine de révérence dit en espagnol avec un accent français :

— Maître…

— Merci, répondit Mowles. Vous voulez un verre ?

— Un verre dans lequel vous avez bu ? demanda la voix tout excitée.

— Bien sûr, avec salive et tout.

Le vieux s'approcha de la porte et tendit un verre qu'il avait ramassé par terre.

— Les verres contiennent le meilleur de nous-mêmes : la salive mêlée à la liqueur, qui est la distillation de notre propre frustration.

L'autre s'éloigna et nous entendîmes ses cris dans la rue. Mowles revint avec un cageot rempli de nourriture, du pain et même un thermos de soupe chaude.

Nous mangeâmes tout en continuant à boire. Jorge Luis revint s'installer sur mes genoux.

— Qu'est-ce que vous avez pensé de ma déclaration ? demanda le vieux.

— Vraiment ? C'était n'importe quoi.

— C'est ça le problème : quoi que je dise, ils me vénèrent. Si un jour j'enregistre un disque de mes pets, ils seront capables d'en faire une symphonie…

— N'exagérez pas, Mowles. Ils disent que vous êtes un grand écrivain. Aujourd'hui, vous en avez plein les couilles du succès, mais quand vous avez commencé à écrire, vous ne pensiez sûrement pas comme ça.

Le vieux s'approcha et le chat cracha sans colère, un rituel de vieux couple. Mowles se mit à parler, sur un ton mi-confidentiel mi-rigolard :

— Vous pouvez garder un secret ? Je n'ai jamais rien écrit, ni un poème, ni un roman, ni un conte, rien !

— Ne vous foutez pas de moi. C'est quoi tout ce cirque dehors ?

— Qu'est-ce que j'en sais ! Ils ont commencé à arriver un jour, il y a quelques années, et à m'apporter des cadeaux. J'étais encore plein de force et il y avait de ces femelles ! Elles s'offraient, comme l'argent que d'autres laissaient dans un pot, avec beaucoup de tact pour ne pas m'offenser, mais en faisant suffisamment d'esclandre pour qu'on sache bien qui était le donateur.

— Mais vous, qu'est-ce que vous foutiez là ? demandai-je.

— Un petit détournement de rien du tout en comparaison de ce que gagnait la banque, mais vous savez, c'est toujours le caissier qui paie pour tous. Je suis donc parti. Je suis venu au Maroc, j'ai acheté une carte et j'ai roulé aussi loin que j'ai pu. Je suis arrivé dans ce trou perdu et j'ai vu que le village ne figurait sur aucune carte, alors je suis resté. Quand ils ont commencé à arriver, j'ai eu peur, mais j'ai vite compris qu'il n'y avait aucun danger. Ces gens-là (il fit un signe de la tête vers la rue) se fichent de la vérité, ils veulent croire à leurs propres mensonges. Qu'auriez-vous fait à ma place ?

— Je ne sais pas… A votre place, je serais devenu pianiste. Mais il y a quelque chose que je ne comprends pas : vous n'avez jamais écrit de livre ?

— Pas le moindre de toute ma sacrée putain de vie.

— Mais ils disent que vous allez avoir le prix Nobel, l'informai-je.

— Ah oui, la semaine dernière, des Suédois sont venus. Ça représente un beau paquet, pas vrai ? Mais là, ça pose un vrai problème. Jusqu'à maintenant, je m'en suis tiré en leur donnant des trucs d'auteurs divers. Ils sont arrivés avec des contrats, je ne pouvais pas dire non ! Alors, je prenais une page de Faulkner, un paragraphe de Borges, un chapitre de Calvino, je donnais aux personnages des noms de personnages de Brecht ; je mélangeais tout ça et les éditeurs repartaient en bavant de joie.

— Et maintenant, vous avez peur qu'ils découvrent votre imposture ?

— Ne soyez pas candide, Octavio : personne n'oserait mettre en doute un ouvrage qui porte la signature d'un génie ; et de plus, je suis prêt à jurer que personne ne le lit. Mais pour l'acheter, ils l'achètent !

— Alors, je ne vois pas où est le problème, Mowles.

— Le problème, c'est moi. Je me fous de continuer à les tromper, d'accepter le Nobel et qu'on me le donne. Mais les filles ne me font plus envie, je ne trouve plus de goût à la nourriture et l'alcool va finir par me tuer. Et surtout, j'aimerais laisser une trace écrite de moi, un roman qui justifierait tant d'années de mensonges. Vous savez, ça fait dix ans que je cherche une histoire et je ne trouve rien.

— Je vous propose un marché, Mowles. Je vous donne une histoire et vous m'aidez pour mes pneus. Mais dites, vous n'avez jamais pensé à mourir ?

— Vous voulez rire ? J'y pense chaque matin.

— Je ne parle pas de ça, mais d'une autre sorte de mort. J'ai un ami qui peut vous aider à gagner l'immortalité.

— Vous avez de drôles d'amis, Octavio, dit Mowles.

Le chat ne voulait pas descendre de mes genoux et je dus l'emporter dans mes bras. Lorsque je mis le pied dans la rue avec Mowles à mes côtés, les fidèles arrêtèrent de respirer. J'aperçus les jeunes qui m'avaient emmené. Le gros Patrick se fraya un chemin dans la foule et se jeta aux pieds du vieux.

— Maître ! dit-il en larmes. Vous êtes le plus grand, je connais chacun des mots que vous avez écrits !

Il leva les yeux et m'adressa une prière.

— Dites-lui, vous qui êtes son ami…

— Vous connaissez ce déchet ? me demanda Mowles.

— Un peu. Il dit que vous êtes un imposteur.

Le gros ouvrit la bouche et sa femme, derrière lui, éclata de rire.

— Un type intelligent, malgré son air de porc, dit le vieux. J'ai des caleçons que j'allais jeter. Et quelques papiers annotés. Vous les voulez ?

— Des manuscrits ?

Le gros, à genoux, pleurait de bonheur.

— Des poèmes, maître, peut-être un début de roman ?

— Des listes de commissions. Presque toutes concernent des bouteilles de whisky ou de cognac. Ah, et aussi du papier hygiénique d'importation. Celui d'ici est terrible pour mes hémorroïdes...

Il se détourna du gros, qui pensait déjà à l'essai qu'il écrirait sur la vie et le quotidien de Mowles, et sur l'amitié qui les unissait, et demanda :

— J'ai besoin d'un compresseur pour gonfler des pneus. Quelqu'un peut m'en prêter un ?

Un brouhaha s'éleva et tout le monde se mit à courir en direction des voitures. J'en entendis un qui engueulait un compagnon qui avait oublié de prendre cet outil indispensable. En un instant, nous fûmes entourés de gens qui nous offraient des pompes et des compresseurs de toute taille et modèle. Mowles me dit de choisir et j'indiquai le groupe de Robert et de Patrick, lequel sauta de joie. Le gros cherchait à s'attirer mes bonnes grâces en caressant Jorge Luis, mais le chat lui griffa la main.

— Un sage animal, dit Mowles en effleurant les cicatrices de ses propres mains. Il reconnaît n'importe quel connard rien qu'en le flairant.

Nous grimpâmes dans le tout-terrain de Robert, qui me tendit un appareil photo. Je dis au vieux qu'il lui devait bien ça et il accepta de poser à ses côtés. Patrick réussit à se faire une place en poussant tout le monde de son gros cul. Je pris la photo d'une seule main pour ne pas lâcher le chat et, lui rendant l'appareil, je lui conseillai :

— Garde bien cette pellicule, Patrick. Dans peu de temps, elle vaudra des millions.

Je me mis au volant en me disant que Frédéric et son drôle de bruit me manquaient et je priai pour que Soldati ait bien pris soin de lui. Mowles s'assit à côté de moi et Jorge Luis fit ses griffes sur le tissu du siège arrière. Patrick et les autres nous firent leurs adieux, mais personne n'osa demander où nous allions.

Au bout d'un moment, le vieux me demanda :

— Ecoutez, Octavio, ça ne changera rien à ce que je vous ai promis : je vous ai déjà dit que l'approbation du chat me suffisait. Mais… cette histoire dont vous me parlez, ce n'est pas un bobard, au moins ?

Je lui racontai tout, depuis la sieste au cours de laquelle Dorita était morte. Toutes mes péripéties dans les moindres détails, y compris la croissance démesurée de mon pénis et l'histoire d'amour avec Ingrid. Quand j'arrivais au moment où Charly le hippie devenait Carlos Gardel qui abandonnait la gloire pour aller tuer Julio Iglesias qui avait osé enregistrer un disque de tangos, il m'interrompit :

— C'est une histoire de dingues et personne n'y croira, mais c'est génial !

Il toussota.

— C'est vrai, vous me donnez cette histoire ?

— Si vous voulez, je vous confirme par écrit et je signe. Mais ne me laissez dans de mauvais draps. Après tout ce que j'ai subi, je mériterais d'être heureux, même si c'est un mensonge imprimé.

— C'est d'accord. Est-ce que vous voulez que je vous fasse plus grand, avec plus de cheveux ? Ce que vous souhaitez…

— Je voudrais juste être pianiste, même si ce n'est que pour quelques instants. Et pour Gardel, il faudrait qu'il puisse régler son compte au type qui l'a offensé.

— Et l'autre Argentin, qu'est-ce que j'en fais ?

— Essayez de trouver quelque chose en quoi il puisse croire, ce n'est pas un mauvais bougre. On y est presque. Vous voyez ce nuage ? Il m'attend.

Carlitos ne sortit pas pour nous accueillir et je me méfiai. Une fois proche des voitures, j'appuyai sur l'accélérateur puis m'arrêtai plus loin, derrière une dune. Dans le rétroviseur, je ne voyais que le campement et mon nuage vigilant.

— C'est peut-être dangereux, dis-je. Mais je dois y aller. Attendez-moi là…

— On est ensemble. Et puis, j'ai tant copié de morceaux de Chandler que j'aimerais bien vivre un vrai échange de tirs. Mais… je ne sais pas, je ne veux tuer personne…

— Alors prenez le .38, dis-je, je suis sûr qu'il ne marche pas.

Nous retournâmes très lentement vers les voitures en faisant un grand détour. Puis, environ cent mètres avant d'arriver, je donnai un grand coup d'accélérateur. Je pilai juste devant la Lincoln et nous sortîmes de la voiture les armes à la main, comme les incorruptibles d'Elliot Ness. Pas trace de Carlitos ni dans la voiture ni dans la fourgonnette de l'arrière de laquelle sortait un son désagréable. Je fis signe à Mowles d'ouvrir la portière et je sautai à l'intérieur en brandissant mon arme. Gardel dormait profondément et ses ronflements rebondissaient sur les parois métalliques. Il ouvrit les yeux.

— Ah, Octavio, c'est vous ! Heureusement que vous m'avez réveillé, je rêvais que Razzano me coupait les cordes vocales pour se les greffer…

Je le présentai à Mowles, qui resta bouche bée devant le fourgon frigorifique. Il proposa de me le racheter, mais je refusai :

— Il est à Soldati, dis-je. En plus, vous n'avez pas besoin de vous faire congeler. Juste de quoi vous réchauffer un peu. Ecrire, aimer, pleurer, est-ce que je sais ! C'est vous le génie.

Un miaulement affectueux se fit entendre et Jorge Luis sauta dans mes bras.

— Il me semble que je vais me retrouver encore un peu plus seul, dit Mowles. C'est peut-être le moment de chercher de la compagnie, même si je dois la créer sur le papier.

Le compresseur était efficace, et en un instant, les pneus étaient prêts à reprendre la route. Mowles me rappela d'un signe que je devais parler à Carlitos. Je le pris à part et lui expliquai la situation. Il se montra réticent.

— Ce n'est pas si facile, Octavio. L'immortalité doit se gagner à la force du poignet…

— Vous ne m'avez pas dit que la gloire n'était qu'une fable ? Vous avez inventé votre mort parce que vous craigniez la déchéance de votre vie. Cet homme doit mourir pour recommencer à vivre.

Il finit par céder et il escalada une dune avec le vieux, pour lui donner ses instructions. Je m'assis sur le sable avec le chat dans les bras et je le montrai au nuage.

— J'ai un chat, lui dis-je. Et quelques amis profondément reprochables. Et une bite énorme. Et une fille qui m'aime et que je ne reverrai sans doute jamais. Tu peux me suivre pour le restant de ma vie, mais le soleil est derrière toi et je le sais même si tu me le caches.

Cette phrase me sembla complètement idiote et j'éclatai de rage. Je lançai des pierres en direction du nuage. Je ne l'atteignis pas.

Gardel et Mowles revinrent en parlant à voix basse. Carlitos nota quelque chose sur une feuille de papier et la tendit à l'écrivain.

— Si on vous demande de mes nouvelles, dites que je vais bien. Et saluez Caruso pour moi.

Le vieux nous indiqua comment arriver à une pompe à essence et le meilleur itinéraire pour atteindre la côte.

— Quand vous arriverez au croisement, tournez…

— Ne dites rien, Mowles, ma route n'est qu'un aller simple.

Nous nous fîmes nos adieux et il insista pour que je garde le chat. Comme il n'avait rien à donner à Gardel, il lui offrit le compresseur. Alors que j'allais démarrer, il descendit du tout-terrain et courut vers la Lincoln.

— Vous ne m'avez pas raconté la fin, me reprocha-t-il.

— A vous de l'inventer.

— C'est votre histoire, Octavio, pas la mienne.

— Qu'elle se termine à un croisement de chemins, qu'il y ait un piano et une fille.

— C'est bizarre, mais ça se tient. Vous pouvez compter sur moi. Rien d'autre ?

— Avec une partie de l'argent que vous avez économisé, achetez un bateau et baptisez-le "Dorita", en hommage à feu ma femme, vous voyez…

— Finalement, vous êtes un romantique.

— … emmenez-le en pleine mer, faites un trou dans le fond et assurez-vous qu'il coule bien, conclus-je.

— Et moi ? Je reste à bord ?

— Ne soyez pas idiot, Mowles, descendez avant et souvenez-vous : "Un soldat qui fuit servira pour une autre guerre". Tiens ! je crois que c'est un bon titre pour votre roman.

Je passai la première et suivis le nuage de poussière que laissait la fourgonnette conduite par Carlitos. Le chat se coucha en rond à côté de moi et m'offrit le ronronnement de son petit moteur de tendresse élémentaire.

Un matin, nous arrivâmes à la mer. Son parfum se fit sentir bien avant, mais notre odorat ne pouvait nous préparer à l'immensité de sa présence. Cela arriva à la sortie d'un tournant. Elle nous explosa à la figure avec son bleu éternel. Nous nous arrêtâmes pour fumer en silence, parce qu'il n'y avait pas de mots pour exprimer le sentiment d'anxiété heureuse qui nous envahissait.

Depuis le haut de la falaise, j'aperçus une crique. Je me déshabillai et entrepris la descente en m'accrochant aux saillies de la roche. Jorge Luis miaulait, soucieux, et me regardait comme un enfant turbulent. Gardel apparut.

— Que faites-vous, Octavio ?

— Je vais me baigner. Pour voir si je me débarrasse de l'odeur de ce type que je ne veux plus être.

Il ouvrit la bouche, puis se ravisa et descendit à ma suite. Nous jouâmes dans l'eau comme deux mômes et je gagnai cinq à deux dans une bagarre de boules de sable. Puis nous nous étendîmes sur la petite plage pour laisser le soleil faire son œuvre de séchage. Mon nuage était resté à l'arrière, et je soupçonnai qu'il m'autorisait ce repos pour mieux me tomber dessus à mon retour. Nous trouvâmes un passage étroit qui nous conduisit à une grande plage et marchâmes en laissant sur le sable les traces éphémères de nos pas.

— Et si on arrêtait de se faire chier, Octavio ? dit Gardel. On n'a plus l'âge pour ce genre d'aventures, ma vengeance tardive et votre quête sans boussole.

— Qu'est-ce qui nous reste, alors ?

— Ça : le soleil, l'eau, l'inutilité de nos montres. On pourrait s'arrêter là, ici même, ou plus loin, et tout recommencer à zéro.

— Mais ça, j'aurais pu le faire en restant avec Ingrid, Carlitos.

— Vous ne pouviez pas, vous n'étiez pas prêt.

Plus loin, une sculpture en sable nous surprit. Elle représentait un homme et une femme étendus, enlacés. Ils dormaient après avoir fait l'amour, ou alors ils étaient morts dans la béatitude de leur rêve. Elle avait posé sa jambe sur la jambe de l'homme qui souriait paisiblement, la main reposant sur la hanche de la femme, sans la retenir. Une simple caresse, sans idée de possession.

— C'est la plus belle chose que j'aie jamais vue, murmura Carlitos.

— Qui a bien pu faire ça ?

— Personne. Quelqu'un. Vous voyez ce que je vous disais ? Peut-être que le type qui l'a faite est un camionneur plus fruste qu'une charrue, un contrebandier ou un berger analphabète. Mais sous ce soleil, il est devenu un artiste des plus purs, de ceux qui n'ont pas besoin d'un public pour décider de la valeur de ce qu'ils créent.

Une vague lécha les pieds des amants et une autre grimpa le long de leurs chevilles. Je cherchai une pierre plate et me mis à construire un mur afin de freiner la montée de l'eau. Gardel fit comme moi, mais nos efforts étaient de plus en plus vains à chaque vague qui arrivait. Nous réussîmes à construire une protection face à la mer, mais les vagues attaquaient par les côtés. Je vis que Carlitos pleurait tout en continuant d'amonceler du sable sur notre barrage et de taper dessus frénétiquement pour le tasser. Après je ne vis plus rien, parce que mes yeux aussi étaient remplis de larmes. A la fin, nous avions entouré la sculpture d'un épais mur de sable, capable de résister à n'importe quelle attaque. Nous restâmes sur nos genoux, essoufflés, et nous nous regardâmes en souriant.

Une vague puissante arriva dans un rugissement et détruisit nos murailles, recouvrant les amants d'une eau sablonneuse. En se retirant, elle emporta leur jeunesse, ne laissant que deux squelettes desséchés. Ils ne se tenaient plus dans les bras l'un de l'autre : ils luttaient à mort, morts tous les deux.

Gardel se releva, ruisselant.

— Allons-y, Octavio, je dois tuer un homme.

Nous grimpâmes péniblement par le même sentier. Jorge Luis n'était plus là. Je craignis qu'il ne se fût enfui et, en même temps, je me sentis soulagé : je n'étais même pas bon à m'occuper d'un chat. La seule compagnie que je méritais était celle de ce nuage stérile qui apparut, se découpant sur le ciel. J'aidai Carlitos et nous nous assîmes sur le bord de la falaise, les pieds dans le vide.

— Si j'étais à votre place, je me rhabillerais, fit la voix d'Acévez. Le soleil tape très fort.

Je me retournai tranquillement, car il m'était aussi égal de mourir sur cette falaise que de tomber dans le précipice de mon livre de comptabilité. Gardel, lui aussi, avait l'air de s'en foutre.

— Allez, debout, dit le Bolivien. On a un compte à régler, messieurs.

Nous nous relevâmes et avançâmes de deux pas. Il nous tenait en joue avec son pistolet. A quelques mètres derrière lui, trois de ses hommes nous fixaient haineusement. Le Noir assis sur le capot de la fourgonnette nous lança un sourire assassin.

— L'agenda, Rincón, dit Acévez. Et pas de bêtises.

— Vous avez parcouru la moitié du désert pour le récupérer ? Ça doit être drôlement important pour vous…

— Assez bavasser ! cria-t-il. Donnez-moi cet agenda ou je vous tue ici même.

Il transpirait et son attitude était forcée. Il agissait pour le compte de quelqu'un d'autre et le rôle ne le satisfaisait pas. Il me fit penser au vieil acteur du film de Grimaldi.

— Comme vous le voyez, je suis en caleçon et je ne l'ai pas sur moi. Si vous me tuez maintenant, vous me rendrez service, mais vous n'aurez pas l'agenda.

J'avançai d'un pas, puis d'un autre. Le Bolivien me regardait, les yeux exorbités. Il me visa à la tête mais je continuai à avancer et je me surpris à chantonner à voix basse une chanson de la Guerre civile, de celles que mon père gémissait pendant mon enfance. J'avançais et Acévez brandissait son pistolet comme s'il s'était agi d'un feu rouge. J'arrivai près de lui et de ma main grande ouverte, je lui flanquai une claque en pleine figure. Il tomba dans le sable en regardant le pistolet comme s'il ne le comprenait pas. De sa bouche s'échappa un petit cri étouffé qui m'exaspéra et je lui envoyai un coup de pied dans la tête.

— Fermez-la, d'accord ? dis-je.

Quelque chose explosa dans l'air et du sable jaillit près de mon pied gauche. Le Noir, assis sur le capot, me visait et n'avait pas peur. Il allait me tuer. Il se redressa et se prépara à résister au recul de son arme.

J'arrivai à la fin de la chanson héritée de mon père en même temps que sa tristesse, et je me dis qu'il aurait été fier de moi, s'il avait pu me voir, et même un peu jaloux.

— *Que los pobres coman pan y los ricos mierda, mierda, y los ricos mierda, mierdaaaaaa** ! criai-je, attendant l'impact sur ma poitrine.

Une expression de frayeur apparut sur le visage du Noir, non pas à cause de mes braillements, mais parce que la fourgonnette glissait vers nous.

— Sauvez-vous ! ! criait Soldati. Quelle claque, Octavio !

Je poussai le Bolivien sur le côté et du coin de l'œil je vis que Carlitos courait vers l'Argentin. Le Noir s'interposa et sauta avant que la fourgonnette ne se précipitât par-dessus la falaise. J'arrachai le pistolet de la main d'Acévez, qui n'offrit aucune résistance. Soldati tenait les autres en joue et le Noir essaya de me sauter dessus, mais Gardel lui fit un croche-pied et il tomba face contre terre.

L'Argentin passa à côté de nous et se pencha sur la falaise. Nous réunîmes le groupe contre la Lincoln et leur fîmes jeter leurs armes. Acévez avait les yeux vitreux, et quand je m'approchai de lui, il se recroquevilla.

— Ma femme, lui demandai-je. Où l'avez-vous cachée ?

— Je vous jure que je ne…

* “Que les pauvres mangent du pain et les riches de la merde…”

Le Noir lui donna un coup de coude dans les côtes et l'insulta dans une langue qui avait l'air d'être de l'anglais. Puis il me fixa de ses yeux injectés de sang.

— Avez-vous l'agenda ? demanda-t-il froidement.

Jorge Luis apparut de derrière une roue de la Lincoln et se dirigea doucement vers moi. Il se frotta contre ma jambe nue en ronronnant.

— Si je vous disais que je ne l'ai pas, vous me croiriez ? demandai-je.

Il fit non de la tête.

— Alors on est à égalité. Moi non plus, je ne vous crois pas.

Je chargeai Carlitos de les tenir en respect, ce qu'il accepta avec enthousiasme. Je marchai jusqu'à Soldati qui avait toujours les yeux baissés. Le chat me suivit.

— Ils cherchent l'agenda qui était dans la poche de la veste, dis-je.

— Je l'ai jetée la nuit même avant de rentrer à La Mamounia, répondit-il. Je n'ai jamais aimé ces trucs-là.

— Dommage. Si vous l'aviez, j'aurais pu l'échanger contre le cadavre de ma femme.

Il ne répondit pas. La fourgonnette disparaissait lentement dans les eaux.

— Regardez-la, Octavio. Après tant de temps à gribouiller le désert de ses roues, Evita s'enfonce pour toujours. Elle était généreuse et ne m'a jamais laissé en rade.

Je le laissai seul. Il n'aurait pas aimé que je le voie pleurer.

Nous discutâmes de ce que nous pouvions faire des malfrats et Carlitos dit que ça commençait à devenir fastidieux d'avoir à les désarmer tous les quatre matins. Le Noir lui dit que quand il l'attraperait, il le réduirait en miettes. Le chanteur le menaça de son pistolet.

— Non ! cria Soldati. Ne frappez jamais un type désarmé, Gardel. Ce n'est pas digne d'un homme.

— La ferme, pédé de *sudaca**, marmonna le Noir.

Soldati lui envoya un coup de pied dans les couilles plus un coup de boule.

— Argentin, le nègre, Argentin !

A la fin, nous décidâmes de les faire descendre au pied de la falaise. Depuis le haut, tout en continuant à les viser, nous les forçâmes à courir sur la plage. Nous étions tombés d'accord sur le fait qu'il eut été inhumain de démolir leur voiture, car nous ignorions s'il y avait un village quelconque dans les parages et qu'ils avaient assez de problèmes comme ça. Soldati insista pour dégonfler leurs pneus et Gardel fut sur le point de dire quelque chose mais je le fis taire.

Je ne sais pas pourquoi, mais en partant je leur laissai le compresseur de Robert. Je retrouvai le bruit de Frédéric en démarrant. Soldati n'avait pas l'air de l'entendre. Il regardait devant lui.

— Merci d'être revenu, murmurai-je.

— Ce n'est rien. D'ailleurs demain, on joue la finale : Espagne-Maroc, vous l'auriez cru ?

* Manière injurieuse de nommer les Sud-Américains.

— C’est un jeu, Soldati, rien qu’un jeu.

— Oui, mais ils vont vous mettre plein de buts, dit-il. Pour ces Arabes, gagner le Mondial, c’est toucher le ciel. Vous avez oublié ce qu’est que la faim, Octavio. Et le foot, au fond, c’est toujours une balle en chiffon et un tas de gamins qui courent derrière le miracle d’un but. Le reste n’est que du commercial, mais cette gloire-là ne se vend pas, parce qu’elle n’a pas de prix.

— Très poétique. Nous avons vu la sculpture de sable, là-bas sur la plage. Je ne savais pas que vous aviez ce talent, Soldati. Ça m’a ému. Sincèrement.

— Moi aussi. Vous avez remarquez les nichons que j’ai faits à la gonzesse ?

Le jour suivant, nous arrivâmes à Nador. La ville était entièrement décorée de drapeaux et les gens ne cachaient pas leur excitation. Nous prîmes des chambres dans un hôtel et je compris que je ne serai plus jamais le même en me voyant poser le .38 sur le porte-savon. L'eau chaude me lava de mes peurs, mais pas de mes angoisses. Le dénouement arrivait et je ne savais pas quoi faire. Selon ce que m'avait dit Soldati, qui connaissait bien le coin, Melilla était à moins d'une heure de route, et une fois passée cette frontière, bien que toujours sur le continent africain, nous serions de retour en Espagne. A la grande croisée des chemins.

J'allais retourner à une vie que je n'avais pas choisie, sans le cadavre de Dorita, avec le sentiment que j'arrivais maintenant à la fin d'une étape. Je revenais pour retrouver Dorita dans le regard de ma fille et dans le dédain sans tendresse de mon fils. Si j'arrivais à revenir. J'avais sur le dos l'incendie de l'hôtel et sans doute une accusation de meurtre. J'étais un fugitif pour la justice marocaine et l'on m'attendait sûrement à la frontière.

Quelque chose bougea derrière le rideau de la douche et je pris mon revolver sur le porte-savon. Un autre petit coup dans le rideau. Je l'écartai et je vis Jorge Luis qui jouait avec mon ombre. Je passai ma main derrière le plastique et il allongea sa patte pour griffer l'air. Je continuai à jouer avec lui pendant un petit moment et, petit à petit, mes angoisses disparurent. Advienne que pourra… Tout n'était qu'un aller sans retour, et croire qu'on choisissait sa route n'était qu'une illusion.

Je continuai donc à jouer avec le chat et l'arrosai. Il s'éloigna, l'air offusqué. Toujours sous la douche, je savonnai ce sexe étranger que je commençai à m'approprier. Je savais qu'avant la mort de Dorita, je ne possédais pas *ça*, mais je soupçonnais qu'il était peut-être déjà présent, caché, comme ce courage qui m'avait amené à commettre des folies ou ce détachement qui m'avait poussé à prendre des décisions dont je me foutais. Je le palpai sans envie. J'eus la fugace réminiscence du sexe d'Ingrid, je ressentis un frisson qui était comme le contact de son corps caressant le mien, m'enveloppant de douceur et effaçant les années de grisaille. Ma queue aussi s'en souvint et se dressa, réclamant sa présence idéale. Je me masturbai avec tendresse et sans remords, parce que c'était une offrande d'amour à distance.

Dans le restaurant, Soldati offrit de l'argent à un serveur qui nous trouva tout de suite une table. Les gens s'agglutinaient devant le téléviseur et le silence était solennel. Je demandai du poisson afin d'en prélever un morceau pour Jorge Luis. L'Argentin choisit un vin blanc, de la région de Fez, qui avait un goût d'ombre fraîche.

— Ici, le vin coûte une fortune, signala Soldati. Quand je suis arrivé, j'ai pensé que je pouvais me faire du blé en en important d'Argentine. Heureusement, je me suis ravisé. Vous savez pourquoi ? Leur religion leur défend de boire de l'alcool, c'est pour cela que c'est si cher.

— Très intéressant. Mais, qu'est-ce qu'on va bien pouvoir foutre à présent ? demandai-je hargneusement. Vous et moi, nous pouvons avoir les pires problèmes à la frontière. Et si nous restons trop longtemps ici, ils nous rattraperont ...

— Tout est sous contrôle, Octavio, ne vous énervez pas.

Je mangeai avec appétit et repris du poisson. Carlitos mâchonnait sans enthousiasme.

— Qu'est-ce que je donnerais pour un bon morceau de viande de bœuf...

— Un *asadito** à la Costanera... rêva Soldati. Vous imaginez, Carlitos, avec des petites saucisses, des petits boudins, des *chinchulines***... ?

— Ne me torturez pas, Soldati, supplia le chanteur. Il n'y a pas de pire nostalgie que celle qui nomme ce qu'on ne retrouvera jamais.

— C'est des conneries, Gardel. Quand tout cela sera fini, je vous invite.

* De *asar*, façon de griller la viande en plein air en Argentine.
** Tripes grillées.

— Je ne peux pas revenir, Soldati. Je suis parti une fois et c'était parfait. Si je me montrais aujourd'hui, ce serait totalement merdique.

— Ne croyez pas cela. Vous imaginez les journaux, la télévision ? s'emballa Soldati. Ce serait un scoop mondial : *"Le Zorzal Criollo revient de la mort pour sauver le tango éternel."* Je serais votre agent. Nous pourrions nous faire des couilles en or !

— Oubliez ça, Soldati. Si tout devait recommencer, aujourd'hui, je serais un rocker. Et puis, je dois aller tuer ce type et c'est ce qu'il y a de plus important.

Soldati s'enfonça dans un discours aigre sur la bêtise de la dignité et se posa en exemple. Il dit que s'il devait tuer tous ceux qui lui devaient une vie, il ne lui resterait pas assez d'années pour tout faire.

— Et vous ne pensez pas que vous le regretterez si vous ne le faites pas ? demanda Gardel, qui mit ainsi fin à la discussion.

L'Argentin le traita de fou et de vaniteux, mais ses attaques se diluèrent quand le match débuta. Les joueurs marocains semblaient voler sur le terrain et se massaient devant les buts espagnols pour tenter de marquer, dans une énergie suicidaire. A chaque tentative, des rugissements s'élevaient dans la salle de restaurant. Je pensais que nous allions perdre et je m'en foutais royalement. Mais au bout d'un moment, la chorégraphie de ces hommes qui couraient derrière le ballon en tissant un filet sur la pelouse finit par m'hypnotiser. L'équipe espagnole avait pour elle sa technique, mais une ou deux fois, elle se trouva débordée par la terreur émerveillée des joueurs marocains. Soldati appréciait, avec ce qui lui restait de dépit après l'élimination de l'Argentine, mais peu à peu, il passa du côté des Espagnols, par solidarité avec moi. Gardel s'emmerdait. Un défenseur marocain s'arracha avec le ballon collé aux pieds et s'échappa le long de la ligne de touche en trébuchant. Les croche-pieds des Espagnols le faisaient tomber, mais il se relevait à chaque fois, les veines de son cou prêtes à exploser, et il continuait, dribblant ses adversaires, poussé par une force qui – et là je compris ce que voulait dire Soldati – ne pouvait venir que d'un appétit féroce de gloire. Il arriva devant le gardien et tira. Le ballon heurta le poteau et rebondit vers lui. Il tira à nouveau et le ballon frappa l'autre poteau. Il courut pour le rattraper, zigzagant entre ses adversaires, qui, par crainte d'un penalty, évitaient de le toucher. Il releva la tête et ne vit aucun de ses partenaires. Il recula et fit un tour au milieu du terrain, pour chercher l'autre aile, face à l'étonnement de la défense espagnole regroupée devant les buts. Lorsqu'il arriva près de la surface, il tira mais il n'avait plus de forces. Le ballon roula doucement, passa entre les jambes des défenseurs, et le gardien de but espagnol se pencha lentement pour le prendre. Il lui échappa des mains et sembla s'arrêter sur la ligne de but. Mais il roula et la franchit.

Le hurlement n'explosa pas seulement dans le restaurant, mais dans chaque maison de la ville. Il semblait venir des montagnes et même du désert.

Les Marocains, de chaque côté de l'écran, célébrèrent l'exploit pendant de longues minutes. Le gardien de but espagnol ne savait pas quoi faire de ses mains.

— Ce serait mieux de partir pendant qu'on peut encore le faire, dit Gardel.

Nous ne l'écoutions pas, parce que l'Espagne essayait différentes combinaisons de jeu pour marquer un but. Les ballons aériens traversaient le terrain. Peut-être parce qu'ils étaient plus petits, les Marocains bondissaient et s'écroulaient, fracassés, sur le gazon, non sans avoir dégagé. Le but avait démultiplié leurs forces et je crus que certains d'entre eux allaient tomber morts sous l'effort.

— … Heureusement qu'ils visent mal, dit Soldati, sinon ils nous défonceraient.

Les Espagnols continuaient, cherchant pourquoi leur tactique ne fonctionnait pas, et s'énervaient à chaque fois qu'un ballon sortait à la deuxième touche de balle. L'entraîneur s'égosillait en leur criant des ordres et nous comprîmes qu'il leur demandait de reculer. Les joueurs ne l'écoutaient pas et oublièrent les consignes. Ils se mirent à se battre homme à homme, ballon après ballon, reproduisant le jeu des Marocains et, mètre après mètre, leur course désespérée vers les buts.

— Maintenant oui, maintenant, dit Soldati, maintenant ils jouent comme des *pibes**, Octavio, et s'ils

* Gamins. On appelle Maradona *El Pibe de oro*, le gamin en or.

perdent, ils meurent. Maintenant ils peuvent gagner, parce que ça leur fait mal aux couilles et pas au portefeuille.

Comme s'il l'avait entendu, un joueur espagnol évita deux adversaires. J'eus honte de ne pas savoir son nom. Ses chaussettes lui tombaient sur les chevilles et son maillot n'était plus qu'un chiffon trempé. Il courut jusqu'au bout et passa le ballon à un partenaire qui le contrôla comme il put et avança presque à quatre pattes. On lui piétina la jambe gauche et son cri de douleur s'entendit même à la télé, mais il poursuivit et poursuivit sa course. Un des joueurs marocains s'accrocha à son maillot mais ne réussit pas à l'arrêter. En arrivant dans la surface de réparation, il envoya le ballon à l'angle opposé, où un partenaire se jeta dans la jungle des jambes, hurlant ce qui ne pouvait être qu'un cri de guerre ancestral. Emporté par la puissance de son rugissement, il chercha une ouverture et catapulta le ballon dans la lucarne.

— Goaaalll, goaaall, putain !!!! cria une voix qui n'était pas celle de Soldati, mais la mienne.

L'Argentin me rejoignit une seconde après et nous célébrâmes le but pendant deux minutes, jusqu'à ce que le pesant silence qui régnait autour de nous nous alertât. Les yeux des Marocains brûlaient de haine et ils étaient sur le point de nous sauter dessus, quand la voix de Gardel déchira l'après-midi.

— *Mi Buenos Aires querido, cuando yo te vuelva a ver, no habrá más penas ni olvido...*

Ce qui déconcerta nos assassins en puissance. J'aurais juré que plus d'un connaissait les paroles de la chanson. Lorsqu'il eut fini, ils applaudirent et en demandèrent une autre.

— Voilà qui prouve, dit Soldati, que la musique calme les fauves.

Gardel chanta *Caminito.* Quelques-uns l'accompagnaient en marquant le rythme de leurs pieds. Deux grands gaillards qui semblaient un peu bourrés et n'avaient pas l'air d'apprécier le tango avancèrent vers nous. J'écartai les pans de ma veste et laissai apparaître la crosse du .38, ce qui suffit pour le moment.

Le second but des Marocains laissa Gardel sans public, mais il avait réussi à nous faire oublier. Pendant qu'ils fêtaient leur but, nous payâmes sans discuter et sortîmes du restaurant.

Nous passâmes à l'hôtel prendre nos affaires et nous nous dépêchâmes de quitter Nador. Des pétards éclataient et même quelques tirs. Dehors, Soldati nous dit qu'il n'y avait pas de temps à perdre et qu'il valait mieux ne prendre qu'une seule voiture. Nous transportâmes nos bagages dans le coffre de Frédéric et je démarrai. En arrivant à un carrefour, sans réfléchir, je pris la route de gauche.

— Vous avez raison, Octavio, dit Soldati. Comment ne m'en suis-je pas rendu compte !

Je ne demandai pas à quoi il faisait allusion parce que j'étais curieux de savoir où en était le match. Et, comme beaucoup de gens, entendre dire que j'avais raison suffisait à me faire taire. La radio de Frédéric retransmettait la rencontre en plusieurs langues, mais je voulais tout comprendre et finis par trouver une émission en espagnol. Je tournai le volume au maximum parce que le bruit de ma voiture m'empêchait de bien entendre. Les autres me regardaient avec perplexité, mais ne disaient rien.

La première mi-temps se termina sur le score de deux à deux. Un penalty avait mis les équipes à égalité. Nous entendîmes une série de tirs, et en passant dans un village, nous vîmes des maisons incendiées.

— Appuyez sur l'accélérateur, Octavio, implora Soldati.

Il scrutait attentivement les deux côtés de la route. En passant sur un petit pont, il me fit sortir du chemin pour rejoindre un sentier. Je suivis ses instructions et nous avançâmes dans le lit d'un ruisseau à sec jusqu'à arriver sous un pont. Il me fit éteindre la radio et distribua les armes. Nous entendions passer des camions remplis d'hommes qui vociféraient, encore des tirs, des sirènes. Puis, au bout d'un moment, le silence. Soldati descendit de la voiture et regagna la route.

— Parfait, dit-il en revenant. Votre plan marche du tonnerre, Octavio.

Je ne savais pas quel plan, mais je me sentis fier. Nous retournâmes sur la route asphaltée et vide, en-dehors de quelques colonnes de fumées au loin. Un panneau indiquait Melilla à vingt kilomètres.

— Cet Octavio est un vrai lynx, Carlitos, dit l'Argentin. Moi, je n'en aurais jamais eu l'idée ! Ce match les a rendus tellement dingues que, quand la deuxième mi-temps a commencé, tout le monde était devant l'écran, et nous dehors… Génial !

Je ne comprenais toujours pas mon plan, mais je dis que oui, j'étais sacrément génial. Et cette satisfaction m'accompagna jusqu'à ce que je distingue le poste frontière marocain. A quelques mètres devant moi se trouvaient les pièges mortels. Parce que s'ils ne me coinçaient pas à la frontière du côté marocain, ils le feraient côté espagnol. Mon portrait-robot avait été diffusé à la télévision. J'étais un assassin armé et dangereux. Je tremblais, et lorsque je me rendis compte que je priais pour que tout cela ne fût qu'un rêve et que je me réveille pour compter des morts à la mairie, je me dégoûtai et, pour un peu, je me serais tiré un coup de revolver dans la tête.

— Mais tout n'est qu'un aller sans retour, imbécile, me dis-je à voix haute.

J'essayai de contrôler mon tremblement et levai le pied de l'accélérateur en m'engageant dans le couloir devant le poste frontière. Je ne pouvais plus retourner en arrière, parce qu'il n'y avait rien vers quoi revenir. Je cessai de respirer en voyant arriver un militaire en tenue kaki équipé d'une vieille mitraillette probablement encore en état de marche. Il planta ses yeux dans les miens et leva la main. Je me préparai à lui passer dessus, mais il se mit à courir vers une baraque. J'attendis. Soldati appuya doucement sur mon pied et nous passâmes devant le petit bâtiment, d'où sortaient des cris et une sorte de rugissement. Je devinai un groupe d'hommes à l'intérieur, occupés par une activité fébrile. A dix à l'heure, nous traversâmes la frontière, poursuivis par les hurlements qui se répétèrent quand nous passâmes devant le poste espagnol, lui aussi rempli d'hommes en uniforme dans leur baraque. Le bruit de leurs hurlements s'additionna à celui de ma voiture, se fondit en un lamento joyeux jailli de milliers de gosiers criant "Goal !", et monta vers le ciel pendant que nous laissions la frontière derrière nous et que nous nous engagions dans une large rue pavée.

— Nous voici à Melilla. Et à l'abri, dit Soldati.

J'appuyai sur le frein, je sortis la tête par la fenêtre et je sus que non, je n'étais pas encore à l'abri.

Le nuage aussi était passé.

— Et maintenant ? demanda Gardel, faisant écho à la pensée qui m'habitait alors que nous roulions dans la ville déserte.

Dans les bars, les gens s'entassaient devant les écrans pour suivre les ultimes minutes du match. J'ignorais qui avait pris l'avantage, mais je savais, en tout cas, que ce n'était pas moi. Les immeubles modernes du centre de Melilla me renvoyèrent à un Barcelone familier mais qui ne m'appartenait pas non plus, et au souvenir des pauvres promenades de mon enfance, en compagnie de mon père, qui trouvait dans les jeux que nous partagions ses quelques moments de bonheur. Nous nous amusions à parier sur le nombre de grilles des balcons, ou sur les guirlandes en stuc qui décoraient les façades. Comme mon père n'avait pas d'argent pour des récompenses ou des friandises, lorsque je gagnais un pari, il m'offrait la lecture d'un interminable conte. L'histoire dura des années, entrecoupée de quelques absences. La dernière fois qu'ils l'embarquèrent, il était sur le point de me lire le dernier chapitre. Lorsqu'il revint, je ne lui demandai rien, parce qu'un peu plus que mon adolescence naissante nous séparait. Pendant des années, j'avais inventé des fins au conte de mon père. Mais toutes étaient tristes et incolores.

— Et maintenant, en route pour la péninsule et que les autres aillent se faire foutre, dit Soldati.

J'arrêtai la voiture sur le Paseo Marítimo. Je n'avais pas envie de revenir en Espagne, mais je ne pouvais pas non plus abandonner ces deux déments. D'une certaine façon, je continuai à suivre la ligne de ma vie : dépendant du désir des autres, sans que rien ne me donne envie de me battre. Jorge Luis sortit la tête de dessous le siège et miaula tristement. D'un saut, il vint se pelotonner sur mes genoux.

— Tu n'es pas grand-chose, mais tu es beaucoup pour moi, dis-je en lui caressant l'échine.

Au port, nous nous enquîmes de l'heure du prochain bateau pour Malaga. Il fallait attendre jusqu'à minuit et Soldati dit que c'était “une connerie d'attendre qu'ils nous tirent comme des lapins”, alors qu'on pouvait partir en avion. Je lui demandai s'il croyait que le Bolivien nous avait suivis et il répondit que si nous avions réussi à arriver jusque-là, eux aussi pouvaient le faire.

— Je ne veux pas laisser Frédéric ici. Prenez un avion, vous deux, décidai-je.

Nous achetâmes des billets et, comme il nous restait du temps, nous allâmes nous promener sur le port. Une citadelle chargée de siècles nous regardait, impassible, couronnée de mon nuage.

— Je resterais bien ici, dis-je. Je n'ai nulle part où aller.

— Moi non plus, dit Soldati. Mais il vaut mieux parcourir le monde plutôt que tuer un type sous prétexte qu'il chante malles tangos.

— Vous ne comprenez rien à rien, putain, dit Gardel. Vous devriez. Vous ne vous êtes pas battu pour une cause ?

— Une cause, c'est un peuple, pas un orgueil blessé, Carlitos. Qu'est-ce que vous en pensez, Octavio ?

— Ce n'est pas qu'il chante malles tangos : il les assassine. Et une cause, c'est tout ce qui fait souffrir quelqu'un. Le reste, Soldati, c'est de la philosophie à bon marché.

Nous marchâmes jusqu'à un large escalier en pierre qui menait à la porte des remparts. Une plaque rappelait que, quelques années auparavant, on avait célébré les cinq cents ans de la fondation de la ville.

— Regardez cette côte, Octavio. Il y a cinq cents ans, les Espagnols sont arrivés là. A cette époque, Colomb était en train de faire chier le monde en Amérique, mais quelqu'un s'est dit que l'Afrique aussi était un point stratégique et a envoyé une expédition. Ici, les grands et les petits sultans se battaient sans cesse, chacun dans son royaume, cherchant à conquérir celui du voisin. Et comme cette région était au milieu, ils l'ont ruinée. Jusqu'à ce que quelqu'un d'autre arrive et profite de la situation. Mais avant, bien avant, sur ces pierres sur lesquelles vous marchez sont passés des Phéniciens, des Romains et même des Vikings. Chacun niquait l'autre puis s'asseyait pour attendre d'être niqué à son tour. C'est l'histoire du monde, Octavio : il n'y a pas de cause noble, seulement des gens qui ont envie de niquer les autres.

— Ne le prenez pas mal, dis-je, mais vous, comme révolutionnaire, vous êtes vraiment n'importe quoi.

Je les conduisis à l'aéroport. Nous nous fîmes nos adieux à la porte d'embarquement. Gardel pleurait et je lui dis qu'il ne s'en fasse pas, que dans deux ou trois jours nous nous retrouverions à Madrid.

— Il ne m'arrivera rien, Carlitos, ne vous inquiétez pas.

— Ce n'est pas pour vous, Octavio. C'est que, quand je vois un avion, je crève de peur !

— Bien sûr, Gardel.

— On voit bien que vous n'êtes pas mort pour le monde dans un accident d'avion !

— Je suis mort pour le monde et personne s'en est rendu compte, lui dis-je. Allez, courage, mon gars.

Il me serra dans ses bras avec émotion et s'éloigna. Soldati me conseilla d'aller passer un moment dans un bordel.

— Les filles ne seront pas comme celles de Marrakech, mais avec un outillage comme le vôtre, à la limite, c'est elles qui paieront.

Avant de nous séparer, je lui tendis un objet que j'avais mis de côté. Il regarda le rectangle de carton jauni comme s'il ne l'avait jamais vu auparavant, et la petite photo comme si elle avait été celle d'un inconnu, beaucoup plus jeune que lui, avec un nom différent.

— La carte de Lanús ! J'avais oublié. Gardez-la, Octavio. En fait, ils m'ont viré parce que je ne payais pas les cotisations.

Les haut-parleurs lancèrent un dernier appel et nous nous embrassâmes encore une fois. Gardel avança une jambe et chanta :

— *Adiós muchachos, compañeros de mi vida…*

— Ne chantez pas ça, ça porte malheur ! s'écria Soldati. C'est la dernière chose que vous avez chantée avant de monter dans…

— Ne faites pas l'enfant, dit Gardel. Ma propre peur me suffit.

Ils passèrent le contrôle et je sortis voir l'avion depuis l'extérieur.

J'attendis jusqu'à les apercevoir au milieu des autres passagers. Gardel monta l'escalier le dos raide et Soldati adressa quelque grossièreté à l'hôtesse qui lui retourna une claque. J'allumai une cigarette.

Au bout d'un moment l'avion décolla, me laissant plus seul que jamais.

Je regardai le ciel.

Pas si seul, pensai-je.

J'avais plus de quatre heures devant moi et j'en avais assez de me cacher. J'amenai Frédéric dans un garage pour qu'on règle cette histoire de bruit, mais vu la tête du mécanicien quand nous fîmes un tour, je sus que lui non plus n'entendait rien. J'emportai la clé du coffre. Je ne voulais pas qu'on trouve les armes et la collection de faux passeports. Jorge

Luis se nicha dans mes bras. Et je me retrouvai me promenant dans Melilla, un chat acariâtre dans les bras.

— Mais c'est mon chat, dis-je au nuage.

La ville, avec son mélange de cultures, m'enchanta. Des boutiques de design à côté de bazars d'articles arabes, tapis et djellabas dans une vitrine, ordinateurs et sexe virtuel dans l'autre. J'évitai soigneusement de me retrouver dans des endroits où l'on fêterait le résultat du match. Les caravanes de voitures qui passaient en klaxonnant ne signifiaient rien, dans la mesure où une partie de la population était originaire du Maroc voisin. Je croisai un rabbin vêtu de noir, sa barbe blanche dansant sur son ventre. Dans une boutique tenue par des Indiens, j'achetai un bermuda, un t-shirt et une casquette qui aurait profondément déplu à Dorita. La chaleur commençait à diminuer et je me disais que cet endroit serait parfait si Ingrid avait pu être à mes côtés. Le .38 me gênait à la taille, mais en même temps, il me confortait dans l'idée que je pouvais me défendre. Je cherchai la plage et j'arborai mon bermuda et mon chat au bord de la mer. Le match ayant dépeuplé la ville, il n'y avait presque personne. J'abandonnai les vêtements de Gardel et le paquet de hasch dans une poubelle, comme me l'avait conseillé Soldati : les chiens dressés de la Guardia Civil attendraient devant le bateau, avec leur flair infaillible. Je me ravisai et rattrapai un pétard déjà roulé. Je m'étendis sur le sable et laissai les vagues me lécher les pieds. Je fumai l'esprit vide. Le chat se coucha sur mon sac.

Un petit garçon marchait sur le bord de mer. Je devinai à son dos courbé qu'il était triste. Il regardait par-dessus son épaule, observant les traces de ses pas, et chaque fois qu'une vague les effaçait, il s'efforçait de retenir ses larmes. Il arriva jusqu'à moi et s'assit dans le sable.

— Tu es triste, lui dis-je bêtement.

— Oui.

— Moi aussi, j'ai longtemps été triste. Ça ne m'a servi à rien. Longtemps après, j'ai découvert que tous les chemins qu'on prend sont sans retour…

— Jusqu'où ? demanda-t-il en caressant Jorge Luis qui ronronnait.

— C'est ce qui compte le moins, répondis-je. L'important c'est d'aller, de faire, de rire, de pleurer, de vivre. Ce sont des verbes, de l'action. Si tu te trompes, tant pis. Mais si tu ne décides pas par toi-même, la chance, bonne ou mauvaise, te sera toujours étrangère. Tu comprends ? On ne peut pas vivre en accusant toujours les autres de son malheur, parce qu'être malheureux, c'est aussi un choix, mais un choix de merde.

— Et qu'est-ce que je fais de mes peurs ? demanda-t-il.

— Tu les avales, tu les digères, et un beau jour tu apprendras à chier dessus.

— Et quand est-ce que vous avez appris tout ça ?

— Il y a quelques jours. Mais je pense qu'au fond, je m'en suis toujours douté.

L'enfant caressa le chat, se releva et me regarda avec rancœur :

— Et pendant toutes ces années, tu m'as laissé souffrir comme un imbécile ? Tu es un sale type, Octavio !

Il m'envoya une giclée de sable dans la figure, ce qui fit que je ne pus voir la sienne. Mais c'était inutile. Quand mes yeux se décillèrent, il était déjà loin. Il se retourna et me cria :

— Ne nous raconte plus de bobards, tu n'as jamais bien joué du piano et Gracita en aimait un autre ! Minable !

Puis il s'enfuit en courant sur la plage. Je voulus caresser Jorge Luis, mais il me griffa.

Il mit un moment à me pardonner.

La gigantesque silhouette du ferry débordait derrière la gare maritime. L'endroit n'était qu'un bouillonnement de voitures et de passagers. Je pris une cabine pour moi seul. “S'il y a de la misère, qu'elle ne se fasse pas remarquer”, me dis-je en pensant à Soldati. Je passai un sale quart d'heure au moment de rentrer la voiture dans le ferry, mais les chiens étaient entraînés à reconnaître l'odeur de la drogue, et le bain dans la mer et mes larmes avaient effacé la moindre odeur qui ne fût pas celle du chagrin. En laissant Frédéric dans la cale, je cherchai la Lincoln entre les voitures garées qui remplissaient le ventre du bateau. Je ne le vis pas, mais il y en avait tellement que je ne pouvais être sûr de rien. Je montai sur le pont et me laissai emporter par le flot des passagers qui cherchaient leur place. Le plus prudent était de rejoindre ma cabine et de m'y enfermer jusqu'au lendemain matin, mais j'avais peur de me retrouver seul avec mes pensées.

Dans la coursive, je trouvai des téléphones publics et je les contemplai comme des objets venus d'un autre monde. Sans réfléchir, j'introduisis des pièces dans l'un d'eux et composai le numéro de chez moi. La tonalité sonnait comme un refrain répétant "raccroche, raccroche, raccroche". Mais je ne raccrochai pas. J'entendis un craquement et de l'autre côté, dans le téléphone, une voix désagréable, reconnaissable entre toutes, répondit.

— Dorita ? demandai-je.

— Octavio ? croassa-t-elle. Où es-tu ? Ils t'ont arrêté ? Dans quelle histoire tu t'es encore fourré ! Papa me l'avait bien dit, avec un pauvre type…

— Va te faire foutre, dis-je tranquillement. Tu es morte, tu te rappelles ?

— Tu es fou ou tu as bu ? Je suis hors de moi. Tu te rends compte que tu m'as abandonnée dans cet hôtel ? Quand je suis revenue à moi, j'ai cru que tu étais allé chercher des secours et que tu t'étais perdu, mais comme d'habitude, tu n'es qu'un incapable. On m'a emmenée dans un hôpital horrible et j'ai passé la nuit couchée sur un brancard immonde. J'aurais pu y mourir de dégoût et tu n'es pas venu. Mais quand j'ai appris l'incendie de l'hôtel et qu'on t'accusait toi, j'ai cru devenir folle. Ils voulaient m'arrêter comme complice ! Sans le personnel du Consulat, qui m'a sortie du Maroc… Mais où es-tu ? Réponds ! Ils t'ont arrêté ? Ne t'imagine pas que je vais me servir de l'argent de papa pour… !

— Je ne suis pas en prison. A vrai dire, je suis libre pour la première fois de ma vie.

— Tu es drogué ? Rentre tout de suite à la maison, tu vas dépenser une fortune en appels téléphoniques ! On règlera les comptes quand…

— Je ne reviens pas, Dorita. Tu es morte. Complètement, pour toujours, morte pour moi. Cherche-toi un autre imbécile à torturer, ou consacre-toi à faire reluire les cornes de ton père, pardon, les bois du cerf du salon. Le pauvre Octavio, c'est du passé. Je vais étudier le piano, tu vois ?

— Tu es malade ? Je crois que tu délires…

— Je n'ai jamais été aussi sain, niai-je. Même ma queue a grandi ! Mais ça, tu ne pourras pas t'en rendre compte. Et puis j'ai un chat et une voiture avec un nom. Et une saloperie de nuage qui me suit et qui te ressemble.

— Octavio, pour la dernière fois, je t'ordonne…

— Moi aussi, pour la dernière fois : tu es morte. Mais je ne t'accuse de rien, si j'ai été un minable, c'est parce que je l'ai bien voulu.

Je raccrochai.

Le bateau se mit à bouger et je sortis sur le pont. Je m'appuyai sur la rambarde. Des passagers faisaient de grands signes à leurs familles restées sur le quai. Je n'avais personne, mais je saluai moi aussi, pour tout ce que je laissai derrière moi. J'aperçus le visage du petit garçon de la plage et je lui souris quand il répondit à mon salut.

— Tu me pardonnes ? lui criai-je.

— Quand est-ce que tu arrêteras de demander tout le temps pardon ?

— Tu crois que j'y arriverai ? demandai-je, alors que le bateau s'éloignait.

— Est-ce que je sais ? Je ne suis qu'un enfant ! Mais essaie, espèce d'idiot. Tu sais quoi ? Je t'ai menti, j'ai toujours aimé ta façon de jouer du piano !

Je restai sur le pont jusqu'à ce que le port disparaisse. La nuit avala d'un coup mon enfance retrouvée et les lumières de Melilla.

La porte trembla, s'ouvrit et les entrailles du bateau nous expulsèrent sur le sol de Malaga. Les roues de Frédéric résonnèrent sur la rampe et la lumière apparut, éblouissante. Jorge Luis dit miaou et se rendormit.

Le port inondé de soleil avait l'air d'un tableau et je songeai que je m'en souviendrais toujours comme l'aube d'un jour nouveau. Nous nous joignîmes au flot de voitures tout juste nées, qui, après quelques tours de roue, abandonnaient leur condition de sœurs pour suivre chacune son propre chemin. Je cachai Frédéric derrière un camion et j'attendis jusqu'à ce que la dernière voiture abandonne la matrice flottante. Je ne vis pas la Lincoln, mais comme je n'avais pas été le premier à sortir, je ne pouvais pas être sûr d'avoir fait le voyage sans le Bolivien et ses acolytes. Mais cela m'était égal.

Sous le soleil qui commençait à cuire les hommes et les machines, j'étais à l'ombre et je savais pourquoi. J'évitai de regarder le ciel. Un homme gros et vulgaire attira mon attention. Il était debout, immobile au milieu de l'esplanade, et ne quittait pas des yeux la cale vide du ferry. Il se tenait à côté d'un vieux camion décrépi, sur le flanc duquel on distinguait une enseigne recouverte de plusieurs couches de peinture. Les couches de peinture n'empêchaient pas de déchiffrer le mot "Films" et un dessin représentant un morceau de pellicule. Les autres lettres étaient grattées au point de laisser voir le métal. Je marchai jusqu'à lui et nous contemplâmes ensemble le sexe ouvert du bateau.

— Vous partez ou vous arrivez ? me demanda-t-il sans me regarder.

— Je pars, je pars toujours. Et vous ?

— Si je savais, si je savais…

Je haussai les épaules et retournai vers Frédéric. J'avais encore un long chemin devant moi. En passant à côté de lui, je criai :

— Egon !

Il sursauta et ouvrit la bouche.

— Retournez là-bas, lui conseillai-je. Sinon, vous ne connaîtrez jamais la fin du film. Et puis, comme Grimaldi va gagner les Oscars, vous risqueriez de vous sentir à jamais un perdant.

— Je… c'est que…

— Ne dites rien : à chacun sa merde et moi, mon coffre déborde.

J'accélérai et roulai à la recherche de la route de Madrid.

Je ne m'arrêtai que pour prendre de l'essence, acheter des sandwiches pour le chat et me remplir de café. Il fallait arriver au terme de tout ça. Et le terme était Madrid, ou Miami, ou n'importe où me mènerait mes pas. Ils me menèrent à Madrid, et quand nous pénétrâmes dans la ville, je ne faisais plus attention au bruit de Frédéric. La nuit allait tomber et le rendez-vous avec Soldati et Carlitos était prévu pour le lendemain soir, à la Puerta del Sol. Je roulai sur Gran Vía et empruntai des rues embouteillées juste pour rendre les choses difficiles au nuage. C'était un jeu, parce qu'il finirait bien par me retrouver. Je pensais à ce vers d'un tango de Carlitos.

— *… como juega el gato maula con el mísero ratóóón*, chantai-je faux.

Jorge Luis miaula d'un air offensé et je lui demandai pardon d'une caresse.

Je me fatiguai vite d'errer, je revins vers la place Cibeles et me laissai emporter par la circulation. Pour un type qui se perdait dans les couloirs de sa propre maison, je m'en sortais plutôt bien. Je devais trouver un hôtel, mais les enseignes de ceux que je voyais me déprimaient avec leurs néons moribonds.

— Choisis, toi, demandai-je à Jorge Luis.

C'était un chat exigeant et il ne daigna miauler que lorsque nous passâmes devant le Meliá Princesa.

— Tu as raison, Jorge Luis : s'il y a de la misère…

La réception était pleine de gens bien habillés et les grooms étaient plus élégants que des généraux. Je réfléchis pendant quelques secondes puis je me mis en quête d'une cabine téléphonique. La standardiste avait une voix soyeuse. Elle me donna la ligne sur le champ et je composai le numéro. Lorsque le réceptionniste du Meliá répondit, je dis que j'appelais de l'ambassade de Bolivie pour avoir la confirmation que tout était bien prêt pour l'arrivée de Monsieur Acévez, du corps diplomatique. Le garçon déglutit et ne sut que répondre. J'insistai et il avoua qu'il devait y avoir eu une erreur commise par l'équipe précédente, parce qu'à cause des congés, il y avait beaucoup de remplaçants inexpérimentés, mais que quand Monsieur Acévez arriverait, il serait reçu avec toute la considération voulue.

Je passai dix minutes dans un bar devant un café en riant sous cape. Soldati aurait été fier de moi. J'écrasai ma cigarette et je cherchai un magasin d'accessoires chics dans la galerie commerciale qui jouxtait l'hôtel. J'achetai une valise de dimension moyenne en cuir cousu main, un sac de voyage et une mallette assortis. Dans la boutique d'à côté, j'achetai deux costumes d'été, des chemises et des cravates. Les chaussures de Gardel étaient fichues et je demandai une paire de mocassins italiens. Au moment de payer, je réalisai que j'ignorais quels étaient les faux dollars et quels étaient les vrais. Je fermai les yeux, je choisi au hasard et laissai un billet de cinquante en pourboire. La fille me gratifia d'un sourire à cinquante dollars et ne regarda pas deux fois les billets que je lui avais donnés. Je me regardai dans le miroir et ne me reconnus pas. Je me sentis égoïste et je choisis deux costumes pour Gardel et deux pour Soldati, calculant les tailles à vue de nez. Je demandai à ce qu'on me les fasse livrer au Meliá à l'attention de Monsieur Acévez et qu'on les mette sur mon compte. Je laissai un autre billet de cinquante dollars mais sortis sans attendre le sourire.

Je retournai à ma voiture et la garai dans une rue latérale. Je choisis un des passeports du Bolivien dans la valise, les diverses cartes d'accréditation, et la Visa Gold dont les données coïncidaient. Je pris aussi un pistolet automatique et deux chargeurs. Je déposai le tout dans la nouvelle valise, avec le costume neuf et les vêtements usés, et j'enfermai Jorge Luis dans le sac, lequel se rebiffa en miaulant sauvagement.

— Patience, lui dis-je. Tu n'avais qu'à pas choisir un hôtel aussi chic.

J'attendis quelques minutes et lorsque plusieurs taxis s'arrêtèrent devant l'hôtel, je me mêlai au groupe de touristes et entrai. Le réceptionniste m'accueillit avec obséquiosité quand je demandai la chambre de Monsieur Acévez. Il me tendit une fiche et je poussai un soupir d'agacement.

— Excusez-nous, Monsieur Acévez, mais avec les congés…

Je l'excusai d'un geste de la main et notai les informations sur le Bolivien d'une écriture ferme. Il me demanda une carte d'identité et je sortis du portefeuille la carte diplomatique parce que c'était ce qu'il y avait de plus impressionnant. Je la montrai sans la lâcher. Mais je me rendis compte que j'avais sorti par erreur la carte du club de foot de Soldati. Le réceptionniste n'avait rien remarqué. En remettant le document à sa place, je pris un billet de cinquante dollars et le lui tendis d'un air dégagé.

— Je ne veux pas être dérangé, ordonnai-je.

Je laissai au groom la valise et la mallette et gardai le sac. Dans l'ascenseur, Jorge Luis miaula plaintivement, mais le garçon ne broncha pas. Il avait vu le pourboire que j'avais donné à l'autre ; si j'avais eu un ptérodactyle dans la poche, il n'aurait pas bronché non plus. En arrivant à ma suite, je lui donnai vingt dollars pour qu'il s'en aille vite et lui demandai son nom. Il s'appelait Luis et il était de garde toute la nuit, au cas où monsieur aurait besoin d'une jeune fille de compagnie ou de n'importe quoi d'autre.

— Nous verrons, dis-je négligemment en lui fermant la porte au nez.

J'ouvris le sac, laissai sortir le chat qui s'étira sur le lit, et me laissai tomber sur le tapis, légèrement fébrile. Puis je décrochai du mur le plan de l'hôtel et mémorisai les diverses sorties et alarmes d'incendie.

— On ne sait jamais, dis-je à Jorge Luis.

Je me réveillai en sursaut en sentant un poids sur mon ventre. Je saisis le .38 et Jorge Luis miaula en me regardant malicieusement, debout sur ma poitrine. Je regardai ma montre. Je n'avais dormi que deux heures, mais je n'avais plus sommeil. Le chat se plaignit et je compris le message. J'appelai la salle à manger et un maître d'hôtel complaisant me lut le menu du dîner.

— Faites-moi monter une assiette de civelles, des crevettes grillées et un verre de lait chaud. Ah ! Et un peu de caviar.

— Ça te va ? demandai-je au chat en raccrochant.

Jorge Luis ronronna et grimpa sur le grand lit. J'allumai la télé et j'entrai dans la salle de bains pour prendre une douche. Le jet puissant me chatouilla la peau. Je constatai, en regardant à mes pieds, que l'eau était noire, ce qui m'intrigua, jusqu'à ce que je me souvienne de la teinture que Gardel m'avait faite. Le miroir me montra qu'elle disparaissait de mes tempes et de ma moustache. C'était comme si je recommençais à blanchir, et il fallait fêter ça. La voix du présentateur télé mentionna un nom qui ne m'étais pas étranger, et je regagnai la chambre. Sur l'écran on voyait la photo d'une maison familière et la voix off commentait le deuil qui frappait la littérature mondiale à la mort du grand homme de lettres Raoul Mowles, décédé cet après-midi, au cours d'un incendie, dans sa retraite du Maroc.

— Ton ancien maître n'a pas perdu de temps, dis-je au chat.

L'écran montrait une photo jaunie du vieux, et Jorge Luis cracha. La voix parlait d'une œuvre inédite de Mowles ; un roman épique dont l'original, s'il avait échappé au sinistre, vaudrait des millions. Une autre photo, plus récente, montrait le vieux en débardeur à côté d'un gros garçon fade. Patrick. Le journaliste expliqua qu'un spécialiste émérite de l'œuvre de Mowles était prêt à consacrer sa vie à rechercher le roman, et le gros apparut sur l'écran, déclarant que, compte tenu des relations de confiance qu'il entretenait avec le génie disparu, il avait le devoir de retrouver le manuscrit.

— Celui-là non plus n'a pas perdu de temps.

On frappa à la porte et je m'en approchai, un billet de vingt dollars dans une main et le .38 dans l'autre. J'entrebâillai la porte, c'était le garçon d'étage. Je lui donnai le billet et me chargeai de la table roulante qui transportait le banquet de Jorge Luis. Je disposai les assiettes sur le balcon de la suite et soufflai pour refroidir le lait qui était trop chaud.

— Bon appétit, camarade, dis-je.

Il attaqua les civelles et les crevettes, mais me laissa le caviar. J'enfilai mon nouveau costume et, avant de sortir, montai l'air conditionné. La chaleur de Madrid était pire que celle du désert.

— Je reviens vite, ne t'en va pas, dis-je avant de fermer la porte.

Et cette fois-ci, ce n'était pas ironique.

Je trouvai un restaurant cinq étoiles. Il y avait peu de monde et une légion de serveurs amidonnés se pressa autour de moi. Le maître d'hôtel me tendit une carte reliée de cuir, et je choisis les plats comme si je savais ce que voulait dire leur nom en français. Je désignai un vin au nom impressionnant et le type approuva mon choix. Un deuxième serveur arriva sur le champ avec un seau rempli de glaçons et une bouteille de vin blanc enveloppée dans une serviette en lin. Il me servit et attendit que je le goûte. J'opinai et il se retira, satisfait.

Je parcourus la salle du regard et me dis que, si jamais la carte Visa ne marchait pas et qu'on me jetais dehors avec une raclée, ça aurait valu la peine. Mes yeux s'arrêtèrent sur une table voisine, que je regardai dans le miroir entouré de vraies plantes grimpantes. Une jeune femme d'un peu plus de trente ans me sourit.

Elle était blonde et belle. Elle portait une robe sans manches au décolleté prometteur. Elle leva son verre dans le miroir et un froid m'envahit. Heureusement, le type dans le miroir réagit et leva son verre avec une expression séduisante que je lui enviai. C'était un homme mûr, bien habillé et sûr de lui. Il avait les cheveux noirs et rares, mais ses tempes et sa moustache grisonnaient de façon intéressante. Il me regarda d'un air moqueur ; je laissai faire. La fille poursuivait son manège, avec ses moues discrètes mais scandaleusement sensuelles, et le type me sauva en instaurant avec elle, d'un air détaché, une complicité qui l'incita à continuer. Elle finit sa coupe de champagne et tourna la tête. Le type du miroir fit un signe presque imperceptible au serveur et lui dit d'un ton neutre :

— S'il vous plaît, veuillez dire à cette dame qu'elle me ferait un grand honneur en acceptant de partager ma table.

Il fit une grimace, mais quand je lui montrai un billet de cinquante dollars, ses scrupules s'envolèrent. Je regrettai aussitôt qu'il m'eut tourné le dos, mais le type dans le miroir me rassura. Elle s'approcha en souriant et me remercia. Le type du miroir fit mine de se lever, mais je lui fis signe que je prenais les choses en main et j'écartai la chaise de la table en invitant la jeune femme à s'asseoir. Je cessai de regarder dans le miroir, car à partir de ce moment, mon double ne m'était plus d'aucune aide.

De près, elle était encore plus belle et les promesses de son décolleté se confirmaient. Dans quelques années, elle serait malheureuse en regardant ses vieilles photos, mais ce soir, elle était la femme la plus attirante que j'avais jamais vue de ma vie.

— Evidemment, je n'en ai pas vu beaucoup, murmurai-je.

— Pardon ?

— Rien, excusez-moi. Je suis troublé devant tant de beauté.

— Vous êtes galant. Et culotté. Et si je n'avais pas été seule ?

— Je me serais battu en duel avec votre compagnon, dis-je en lui servant un verre de vin.

J'eus l'impression d'en avoir trop fait et je jetai un coup d'œil au type du miroir qui approuva d'un hochement de tête.

Elle rit, amusée. Le serveur arrivait avec nos commandes. Je ne pus m'empêcher de lui faire un clin d'œil pendant qu'il nous servait.

— Vous n'êtes pas d'ici, n'est-ce pas ? dit-elle.

— Non. Je suis arrivé aujourd'hui. Octavio Acévez, diplomate. Je suis bolivien.

— Oh, j'adore ce pays ! dit-elle avec un enthousiasme démesuré. J'ai toujours voulu connaître Rio de Janeiro !

Nous parlâmes peu pendant le dîner, parce que nos yeux disaient tout. Elle proposa de me servir de guide dans Madrid et j'acceptai distraitement. A moins d'un mètre de distance, elle était encore plus désirable et je sentais que, dans mon lit, elle pourrait combler l'absence d'Ingrid ainsi que les exigences de mon nouveau pénis. Mais quelque chose me gênait dans son attitude, quelque chose de faux et de forcé.

— Qu'est-ce que tu aimerais connaître ? me demanda- t-elle. Les nuits de Madrid ont plein de trésors à offrir…

— Je ne sais pas… Un spectacle de tango ?

— Ah, en ce moment c'est super branché ! s'écria-t-elle. Quel dommage que tu ne sois pas arrivé hier ! Tu aurais pu aller au concert de Julio Iglesias, il chante de ces tangos…

— Va-t-en.

— Comment ?

— Va-t-en. Si tu aimes ça, tu n'as rien à faire avec moi.

J'évitai le miroir, parce que j'étais sûr qu'il me reprocherait cette fidélité excessive. Elle baissa les yeux et quand elle les leva, elle était une autre, plus sincère.

— Que tu le croies ou pas, moi non plus je ne le supporte pas. Mais je me suis dit qu'à ton âge…

— Jure-le, ordonnai-je.

— Je te le jure.

Je demandai du vin sans la consulter. Elle était triste.

— Ça ne colle pas, n'est-ce-pas ? chuchota-t-elle. Je savais que ça ne marcherait pas…

— Tu fais quoi dans la vie ?

— Ne me pose pas de questions, tu n'as pas le droit ! Qu'est-ce que tu veux savoir ? Si je suis une pute ? Oui, je suis une pute, mais très chère ! Qui es-tu pour me juger ? Un diplomate bien installé, prêt à vivre une folle nuit à Madrid pendant qu'à Brasilia ou dans n'importe quelle autre putain de ville, ta femme t'attend…

— Je suis veuf, l'informai-je.

Ce qui ne coupa pas le fil d'une plainte qui ne s'adressait pas à moi, mais à la ville qu'elle montrait de la main :

— Cette ville est un marché, et c'est toujours le printemps au Corte Inglés de Serrano* ; mais quand l'automne te tombe dessus, il ne te reste plus que les boutiques à dix balles.

Elle étouffa un sanglot et regarda un point sur mon épaule.

— Tu arrives ici à vingt ans, un conte de fées dans tes valises et le rêve de devenir une princesse ; mais un jour tu te réveilles, tu as trente-cinq ans passés et tu découvres que le conte était une sale blague et toi une petite secrétaire qui a appris à tenir sa fourchette dans des restaurants comme celui-ci, avec quelques jolies robes dans son armoire et un rêve obsolète…

Le type du miroir était sur le point de l'interrompre, mais je l'en empêchai d'un regard qui interdisait toute désobéissance.

— … et alors tu sors vendre ce que tu as, pendant que tu l'as encore, pour faire quelques économies et rencontrer quelqu'un qui accepterait une relation discrète et stable… Mais pourquoi est-ce que je perds mon temps à te raconter tout ça, si tu crois que c'est des manigances de pute ?

Elle se leva, fouilla dans son sac. Je saisis son poignet et la fis se rasseoir.

* Le Corte Inglés est un grand magasin, et la rue Serrano l'une des rues commerçantes les plus élégantes de Madrid.

— Reste-là, s'il te plaît. Pour moi, tu es une princesse et je suis toujours prêt à me battre contre celui qui affirmerait le contraire.

Elle doutait.

— Tu ne veux pas…

— Je veux que tu me montres ce Madrid nocturne, et peut-être une boîte de tango où l'on vénère encore le nom de Carlos Gardel.

Elle accepta, et nous parlâmes de choses et d'autres, un bavardage sans douleur ni passé. Je commandai du champagne, et quand le sommelier me suggéra un cru "excellent", je le fusillai du regard. Sans ses manières artificielles, elle était vraiment adorable. Je payai avec la carte Visa sans regarder le miroir. Je laissai cinquante euros de pourboire et, me rappelant qu'il ne me restait plus beaucoup d'euros, j'échangeai le billet contre un de vingt dollars, un de ceux que Soldati m'avait signalés comme des faux. Ou était-ce les autres ? Je haussai les épaules et escortai la jeune femme jusqu'à la sortie. J'arrêtai un taxi.

— Tu ne m'as pas dit ton nom.

— Grace, répondit-elle en baissant les yeux.

— Tu es étrangère, toi aussi ?

Elle sourit et me chuchota à l'oreille :

— En vérité, je m'appelle María de la Gracia, mais j'ai toujours détesté ce nom. Le pire, c'est qu'à la maison on m'appelle Gracita.

J'éclatai de rire et le chauffeur tourna la tête, étonné.

— Tu te moques de moi ? s'énerva Grace.

— Je te jure que non. Je me moque d'un pauvre type que j'ai connu il y a très longtemps.

Le taxi nous laissa devant la boîte. C'était l'un des quartiers les plus chics de Madrid et le luxe était perceptible non pas à travers des signes extérieurs mais par l'austérité sophistiquée des immeubles. La porte du club, en bois noble, était gardée par un type aux épaules larges et à la taille flexible. Il me déplut. Il était habillé d'un costume comme ceux que Gardel transportait dans sa malle, mais il arborait un anneau à l'oreille gauche.

Nous attendîmes pendant qu'il vérifiait le carton d'invitation d'un couple d'âge mûr. La femme portait un manteau en fourrure malgré la chaleur du mois de juin. Sur un petit écriteau en métal accroché au mur, on pouvait lire quelque chose comme "Buenos Aires for export" et, derrière le portier, j'aperçus dans l'entrée des silhouettes en verre dépoli collées aux murs tapissés de moquette. La plus proche représentait un couple de danseurs de tango, une autre un réverbère et la dernière que je pus voir avant que le type se mette devant nous était un objet de forme verticale, large en bas et se terminant par une pointe. Je me dis que ce devait être le fameux

Obélisque dont parlaient tellement Carlitos et Soldati.

— Votre invitation, s'il vous plaît ? nous demanda avec obséquiosité le portier.

Il parlait avec le même accent que Soldati, mais en essayant de le dissimuler. Je préparai le billet de cinquante euros que j'avais mis de côté dans le restaurant, pendant qu'il nous expliquait que cette nuit, l'entrée n'était pas libre. Il apprécia notre aspect et nous dit qu'il allait voir ce qu'il pouvait faire. Il parla dans un téléphone portable et nous demanda d'attendre un moment.

— Et qu'est-ce que cette soirée a de spécial ? demanda Grace avec son sourire le plus enchanteur.

— Vous ne savez pas ? C'est la nuit Carlos Gardel, et comme les résidents argentins rendent un hommage à...

— A qui ?

— A Julio Iglesias, pour ses enregistrements de tangos, répondit-il fièrement. Demain, il retourne à Miami.

Grace me regarda en craignant ma réaction et s'étonna de me voir tendre le billet au portier. Le type était perplexe.

— Je... enfin vous verrez si vous pouvez trouver une place à l'intérieur, Monsieur. Le problème, c'est le bazar de tout à l'heure...

— Quel Bazar ?

— Deux dingues, vous savez, on voit de tout. Ils se sont présentés habillés comme... (Il montra son costume.) L'un d'eux s'était déguisé en Carlos Gardel, avec chapeau et tout ! Le sourire, identique, ça oui. Ils voulaient absolument entrer et quand je leur ai dit qu'il n'y avait plus de place, ils ont dit qu'ils venaient chanter pour Monsieur Iglesias. Le plus grand a sorti une guitare et celui du chapeau s'est mit à chanter en hurlant…

Le téléphone sonna et il écouta brièvement.

— C'est bon, dit-il tendant la main vers le billet. Je le reculai de quelques centimètres.

— Et qu'est-ce qui est arrivé à ces deux hommes ?

— Nous avons dû les faire déguerpir à coups de pieds. Celui au chapeau était devenu fou, il criait qu'il était Carlos Gardel et l'autre menaçait de faire réquisitionner le local pour y installer un hôpital pour enfants. Ça a fait un de ces bordels ! Excusez-moi, Madame. Mais c'est qu'on voit de ces malades ! Vous vous rendez compte, ce nasillard qui prétendait être Gardel. Gardel, vous vous rendez compte ?

— Et dans quelle direction sont-ils partis ? demandai-je.

Il commençait à s'impatienter et tendit à nouveau la main, mais je ne lui donnai pas le billet.

— Est-ce que je sais ! Par là. Vous entrez ou non ?

— Non, dis-je en remettant le billet dans ma poche.

Je pris Grace par la main et nous partîmes en courant dans la direction qu'avait indiquée le type. Nous pénétrâmes dans des rues obscures, en essayant de retrouver des voix. Elle ne me demandait rien, mais je la sentais curieuse. Sans nous en rendre compte, nous avions quitté le quartier élégant et nous étions maintenant dans un autre quartier bien moins cossu. Je m'arrêtai à l'intersection de deux rues et je me demandais laquelle prendre. Il fallait absolument que je retrouve Carlitos pour le consoler.

— Ça va ? demanda Grace.

Je pleurais, mais pour la première fois de ma vie, je ne pleurais pas sur mon sort, mais pour quelqu'un d'autre. J'acquiesçai d'un hochement de tête. A droite, une ruelle était à moitié bouchée par une clôture entourant un immeuble en construction. Elle était recouverte d'affiches. Nous avançâmes. Il n'y avait pas une seule lumière dans la rue. Je m'approchai. Les affiches reproduisaient la tête de Julio Iglesias et dessous, comme honteuse, la silhouette d'un couple dansant un tango. Je me mis à déchirer la première affiche et en arrachai un morceau. Je continuai à la déchirer avec l'aide de Grace. Nous passâmes à l'affiche d'à côté. Il y en avait beaucoup et ma rage de les détruire nous faisait aller de plus en plus vite.

— Pourquoi est-ce qu'on fait ça ? demanda Grace entre deux affiches.

— Pour un ami malheureux, répondis-je. Mais tu n'es pas obligée…

— Tu es fou ? Je ne me suis jamais autant amusée !

Nous attaquâmes la partie supérieure de la palissade et nous continuâmes jusqu'au coin de la rue. Un filet entourait un grand échafaudage, recouvert de la même affiche, mais immense. J'essayai de grimper sur un des côtés, mais je glissai.

— C'est une toile, dis-je. Je ne sais pas si…

Grace chercha dans son sac et me tendit un canif rouge, de cette sorte de couteaux multifonctions avec une croix rouge sur un fond blanc.

— Dans mon métier, il faut pouvoir se défendre, dit- elle comme si elle avait l'habitude de s'en servir. Mais le canif avait encore son étiquette avec le prix. C'était une étiquette du Corte Inglés.

Elle m'aida et je pus m'accrocher à une barre de l'échafaudage. Je grimpai avec difficulté, et en arrivant en haut, je vis mon nuage suspendu au-dessus de la nuit madrilène.

— Si tu t'approches, je te crève, le menaçai-je. Il ne s'approcha pas.

Je me battis pendant un moment avec les cordes qui soutenaient la toile. Le canif ne suffisait pas, et j'utilisai une petite scie que j'avais trouvée entre deux planches. Chaque fois qu'une amarre cédait, je saluais Grace d'une révérence et elle applaudissait. Une fois de retour sur l'asphalte, je contemplai mon œuvre. L'affiche était toujours à sa place et le sourire d'Iglesias demeurait une insulte. Elle posa sa main sur mon épaule, pour me consoler, mais à cet instant une légère brise traversa la ville et repoussa la toile qui se plia et s'affala.

— Bravo ! dit Grace en m'embrassant.

Une lumière s'alluma sur le chantier et la voix d'un gardien s'éleva. Nous nous mîmes à courir comme des mômes et ne nous arrêtâmes que pour rire aux éclats. Nous marchions enlacés, sans parler. Nous passâmes devant un garçon maigre appuyé de l'épaule contre un mur qui nous regarda d'un air moqueur. Grace était bien plus grande que moi, mais je m'en foutais.

— J'ai un rasoir et la main nerveuse, Roméo, dit le garçon derrière moi. Je veux ta thune, alors tu te tournes lentement…

Je me retournai très lentement et il écarquilla les yeux en voyant le .38 pointé sur sa tête.

— C'est bon comme ça ?

— Oh putain, c'est pas possible les gens maintenant ! s'exclama-t-il en jetant son couteau par terre. Je… mon pote, cool, ok ? Cool…

Il recula de quelques pas et se mit à courir.

— Arrête ! criai-je et il s'arrêta en pleine course. Viens là.

Il revint, terrifié et craignant le pire. Il ne comprit pas ce qui lui arrivait quand je lui mis dans la main le billet de cinquante euros. Il s'en alla en se grattant la tête.

Grace me prit dans ses bras et me serra contre elle. Ses seins frôlaient mon menton. Elle se pencha et m'embrassa sur la bouche.

— Tu es un drôle de type, Octavio. Tu es doux comme un petit chat, mais tu peux être féroce comme un lion quand quelque chose te tient à cœur…

— Il n'y a pas longtemps, une fille m'a dit à peu près la même chose.

— A Rio de Janeiro ?

— Non, près du Sahara. Je portais une robe de fille.

Elle rit et m'embrassa à nouveau.

— C'est ce que je dis : tu es complètement dingue, mais tu me plais. Allons quelque part où nous pourrons être seuls.

Je levai les yeux vers elle.
— Qu'est-ce que tu vas me vendre, Grace ?
— Le Corte Inglés est fermé cette nuit, sourit-elle. Et tu peux m'appeler Gracita.

Le gardien de nuit n'était pas le même, mais on m'avait annoncé et il me salua respectueusement. Il adressa à Gracita un sourire gentil. Dans l'ascenseur, nous étions mal à l'aise et, pour meubler le silence, je sifflai entre mes dents un tango de Gardel. Elle rit, nerveuse. En ouvrant la porte de la suite, je touchai mon revolver, mais à l'intérieur, il n'y avait que Jorge Luis, qui se frotta contre les jambes de Gracita. Elle s'assit sur le tapis et le caressa. J'allumai une cigarette et je fermai les rideaux parce mon nuage moqueur et sombre avait l'outrecuidance de tout regarder.

— Ouvre-les, demanda-t-elle. Cette nuit, je n'ai honte de rien.

Je demandai du champagne et elle disparut dans la salle de bains. J'étais indécis, je ne savais comment appréhender cette fille. Ce pouvait être une pute intelligente prête à plumer une proie naïve, ou pire encore, le début d'une autre histoire d'amour que je laisserais derrière moi, au prochain croisement de chemins. Qui arriverait l'après-midi de demain, à la Puerta del Sol. On frappa à la porte, et cette fois, j'oubliai le .38 dans le tiroir. C'était le garçon d'étage qui me fit un petit clin d'œil. Je lui donnai dix euros de pourboire et me dis qu'à ce rythme, je me retrouverais bientôt sans vrais billets. Seulement des faux dollars, pour un faux diplomate. Je haussai les épaules pour faire fuir mes inquiétudes et, en revenant dans la chambre, je me trouvai face à elle, pieds nus au centre de la pièce. Elle fit un léger mouvement des épaules et sa robe tomba à ses pieds comme une peau artificielle qui n'égalerait jamais la vraie.

De toute ma vie, je n'avais jamais un corps aussi beau, et si bientôt il perdrait une partie de son lustre, le présent de ses seins se moquait de ces craintes lointaines. Elle tourna sur elle-même, un peu troublée, mais sans se cacher. Je ne savais pas quoi dire, parce qu'un feu explosa depuis mon nombril jusqu'à mon sexe, qui se tendit.

J'ouvris la bouteille de champagne et nous bûmes. Elle monta le son de la musique d'ambiance qui régnait dans la chambre et nous dansâmes en silence. Sa peau douce et tiède magnétisait mes mains qui se laissaient glisser le long de ses hanches puis remontaient jusqu'à la vallée de son cul. Elle défit ma cravate sans arrêter de danser et déboutonna ma chemise.

— Tu es nerveux ? Parce que moi, je le suis.

— Je suis effrayé de ce que je ressens. C'est douloureux.

— Mais c'est pire de ne rien sentir, Octavio, dit-elle en détachant ma ceinture. Je sais de quoi je parle. Ne t'inquiète pas.

Elle ouvrit ma braguette et sa main s'aventura à la recherche de mon pénis. Elle le trouva et son expression d'incrédulité se maintint quand elle le laissa à découvert.

— En fait, je crois que c'est moi qui devrais m'inquiéter, dit-elle en le parcourant de ses mains caressantes. Sois doux, s'il te plaît.

Je fus doux et je fus adolescent à nouveau, découvrant le sexe comme lors de ce lointain après-midi dans un bordel de Barcelone. Cette fois-ci cependant, je n'éprouvais aucune peur, mais de la curiosité, de l'avidité de découvrir chaque pore de sa peau pour la graver dans mon souvenir. Gracita était sensible et chaude, son corps était un paysage à explorer, chacune de ses ouvertures des bouches pour un baiser qui effaçait mes peines à chaque voyage à l'intérieur de sa chaleur frémissante. Souvent, elle me demanda d'aller doucement pour ne pas lui faire mal, d'autres fois, elle exigea de moi une rage que je ne ressentais pas et que je remplaçai par la joie d'être en elle et d'y retourner. Je me souviens que Jorge Luis resta longtemps à côté de nous, nous observant avec son sourire permanent et ses yeux sans humour. Je crois bien qu'à un moment, il me fit un clin d'œil et descendit du lit pour se poser sur l'appui de la fenêtre et se moquer de mon nuage, qui ne pouvait s'empêcher de regarder.

Longtemps après, elle s'endormit contre moi, qui continuais à la caresser pour tenter de graver la douceur de sa peau dans ma mémoire. Le chat était au pied du lit, éveillé. Je pensai que sans doute, le lendemain, elle me dévaliserait pendant mon sommeil, fidèle au métier qu'elle avait choisi par désespoir. Ce serait mieux. Parce qu'elle avait dit "je t'aime" et que ce n'était pas possible. Gracita était une femme spéciale, ternie par la ville, mais telle une lampe merveilleuse, il suffisait d'en frotter la surface. Et pourtant, cette histoire n'était pas possible. Après tant d'années à échapper aux confrontations en acceptant tout, je sentais aujourd'hui que le temps de céder était terminé. Je ne l'aimais pas, je ne pouvais pas l'aimer parce qu'Ingrid était toujours présente dans un coin de mon esprit. Gracita se retourna et se serra contre moi, ronronnant comme Jorge Luis quand il avait faim.

Et elle, endormie et fatiguée, avait toujours faim. Et moi aussi. Je retournai à sa peau, pour continuer la leçon d'une nuit qui serait la seule, et peut-être pour cette raison, la meilleure. Le chat, irrité, retourna à la fenêtre.

Le soleil me réveilla, seul dans le lit. Le parfum de Gracita était présent et je compris que ce n'était pas un cliché sorti des romans que je lisais en cachette quand j'étais un autre. Jorge Luis perçut ma tristesse et sauta sur le lit pour me consoler. Elle avait laissé un mot sur l'oreiller dont l'écriture appliquée était de celles qu'on apprend pour écrire des messages auxquels on ne croit pas.

"Je ne crois pas que tu sois un diplomate, mais ça ne fait rien, parce que même si tu as tous ces faux passeports, tu es la seule personne vraie que j'aie rencontrée. S'il te plaît, n'insulte pas cette nuit en ouvrant ton portefeuille pour voir si je t'ai volé. Je n'aurais jamais pu. Le plus précieux, c'est ce que tu m'as donné gratuitement. Quant à moi, je t'ai donné quelque chose qui ne vaut rien parce que c'est ce que je vends d'habitude, mais cette nuit, c'était un trésor. Si je reste pour attendre ton réveil, le soleil nous montrera que la perfection n'existe pas, parce que le soleil, à Madrid, est un connard insensible. La lune le sait. Si je te laisse mon adresse, c'est pour que tu ne m'idéalises pas comme un objet inaccessible. Pardonne ce petit jeu, mais de cette façon, tu n'essaieras pas de me retrouver parce que tu sais que tu ne le veux pas.

Un baiser. J'aurais pu t'aimer.

Gracita.

PS : Je ne sais pas qui est cette Ingrid que tu appelles dans ton sommeil, mais je l'envie, et pas seulement pour ce que tu es en train de toucher pendant que tu lis ce mot."

Je regardai ma main qui caressait mon sexe tendu dans la douloureuse dureté matinale après une nuit de travail amoureux, et je ris nerveusement. Je me douchai avec une sensation de vide dans le creux de l'estomac qui n'était pas de la faim. Je commandai un petit déjeuner complet pour le chat et je consultai ma montre. Il était presque midi et le nuage était toujours là, devant la fenêtre.

J'aurais pu attendre dans la chambre l'heure de mon rendez-vous, mais ma nuit avait été exceptionnelle et la leur, d'après ce que j'avais compris, avait été un désastre. Je revêtis un des costumes neufs et déposai dans mon sac de voyage les passeports, le pistolet et les chargeurs. Je ne regardai pas dans mon portefeuille en y glissant le mot de Gracita. J'avais mal dans la poitrine et ce n'était pas à cause du tabac. En même temps que mon petit déjeuner, on m'apporta les costumes que j'avais achetés pour mes amis.

La sonnerie du téléphone me fit sursauter.

— Vous avez fait fort, Rincón, dit la voix du Bolivien. Je comprends que vous n'ayez pas voulu négocier en présence des autres, ces choses sont délicates et les Colombiens ne pardonnent rien.

— Comment m'avez-vous trouvé ?

— Ne faites pas l'idiot, Rincón. Au début, ça m'a étonné que vous utilisiez mes cartes et même mon nom, mais j'ai vite compris que c'était une façon de me faire signe. Combien ?

— Combien quoi ?

— Rincón, Rincón, rit-il sans joie, arrêtez de jouer les imbéciles, ça ne prend plus. Combien voulez-vous pour l'agenda ? Proposez-moi un prix raisonnable et nous pourrons arriver à un accord. S'il y a une guerre, cet agenda ne vous servira pas à grand-chose. Euros, marks, dollars ? Choisissez…

— Tant que ce ne sont pas de faux dollars, comme ceux que vous transportiez…

— Ceux-là, je ne vous les ai pas donnés, ils ont été volés par votre acolyte, continua-t-il, la voix charmeuse. Allez, donnez votre prix, Rincón.

— Faites-moi une offre.

Il rit.

— Vous êtes un dur ! Je peux aller jusqu'à cent mille dollars, des légitimes, de mon propre capital. Et vos chefs n'en sauront rien. Les miens non plus, je ne veux pas qu'ils soient au courant.

— Il y a beaucoup de témoins…

— Je me charge des miens, faites ce que voulez avec les vôtres. Deux cent mille ?

Acévez prit mon silence pour une façon de faire monter l'enchère.

— Trois cent mille et c'est mon dernier prix !

— C'est bon, coupai-je pour dire quelque chose. A quelle heure ?

— Maintenant. Je suis près de votre hôtel.

— Non. Ici même, à dix-neuf heures, et n'essayez pas de me suivre, ou l'affaire ne se fera pas.

— Bien sûr, Rincón. Nous sommes entre professionnels, n'est-ce pas ?

Il raccrocha et je réfléchis pendant un long moment. J'essayai de calculer en euros, mais je m'emmêlai dans les chiffres. De toute façon, c'était beaucoup d'argent. Si j'avais été en possession de ce putain d'agenda, j'aurais pu vivre longtemps dans des hôtels comme celui-ci. Mais je ne l'avais pas. J'appelai le chat en vain et je le cherchai partout, un peu inquiet. En sortant de la salle de bains, je le vis sortir une patte de sous le lit pour jouer avec le bas de mon pantalon.

Je m'assis dans un fauteuil et continuai à réfléchir.

Au bout d'un moment je me mis à rire sans pouvoir m'arrêter, même en descendant les escaliers.

J'essayai de me souvenir des paroles d'un tango intitulé *Cuesta Abajo*, mais je n'arrivai pas à le siffler tellement je riais.

Je retrouvai la voiture là où je l'avais laissée. Elle était couverte de poussière et de boue.

— Tu aurais besoin d'un bon lavage et d'un graissage, Frédéric, lui dis-je.

Je roulai dans des rues bondées et le bruit de la voiture ne m'atteignit pas : j'étais habitué. Je finis par trouver un garage. J'attendis mon tour, et quand Frédéric apparut à l'autre extrémité du circuit, tout léché par les grandes brosses, il reluisait. L'employé l'emmena vers la fosse pour graisser la direction et je descendis avec lui. Je lui dis qu'il faisait vraiment chaud et lui proposai d'aller chercher deux bières. Quand je lui montrai un billet de vingt euros, le garçon sauta en l'air et se cogna la tête contre le pot d'échappement. Je lui donnai l'autre billet et il parti au galop à la recherche de bières fraîches. Je commençai à fouiller. Je ne mis pas longtemps. La boîte en métal était noire de fumée et de boue, mais hermétiquement fermée avec du ruban adhésif. Elle était bien attachée avec un fil de fer, mais une extrémité du fil avait lâché et était accrochée à l'essieu.

— Il perd la main, murmurai-je.

Je n'arrivais pas à défaire les fils et je me souvins du canif de Gracita. Je choisis la pince et, en quelques secondes, la boîte métallique tomba sur mes chaussures. Je la nettoyai avec un chiffon, des mots en arabe et leur traduction française apparurent. C'était une boîte de cigares. Je coupai les rubans adhésifs et, à l'intérieur, je trouvai un paquet enveloppé de toile cirée. Je l'ouvris et le petit agenda électronique me parut bien peu de chose pour tant de tracas. Je fourrai le tout dans mon sac et Jorge Luis grogna devant cette intrusion. Je le calmai d'une caresse, et je remontai à la surface et retrouvai le jeune homme qui attendait, indécis, près de l'échelle. Il me tendit une bière et la monnaie. Je lui dis de la garder mais qu'il se dépêche avec la voiture, que je n'avais pas toute la journée devant moi. Pendant qu'il finissait le travail, je partis à la recherche d'un café où prendre un petit déjeuner, puis je parcourus des boutiques de vente de faillites.

A mon retour au garage, ma voiture m'attendait, rutilante.

— C'est une bonne voiture, dit le jeune homme. Aujourd'hui, on n'en fait plus des comme ça, tout est électronique. Si un jour vous voulez la vendre, venez me voir. Vous me la laissez quelques jours et je vous trouve un bon acheteur…

— Non, lui répondis-je. On ne prête pas ce qu'on monte*.

* Octavio répète une expression de *gaucho* exprimée précédemment par Soldati et qui signifie qu'on ne prête jamais ni son cheval ni sa femme.

Je laissai Jorge Luis dans la voiture, contre sa volonté, et je cherchai un bar où m'installer pour réfléchir en attendant l'heure du rendez-vous avec mes amis. Je fus déçu de ne trouver aucun café spacieux avec des tables pour bavarder, de ceux dont Madrid était rempli dans les romans que je lisais jadis. Je dus me résigner à m'asseoir dans le MacDonald's de la Puerta del Sol. Je mangeai un truc qui s'appelait "mactruc", et je bus deux bières. Je sortis à la recherche d'un kiosque à journaux et revins avec trois quotidiens et un magazine de jeux. Je fis les mots croisés pour éviter de penser, mais tous les mots que je trouvais avaient des connotations sinistres. Je fis l'inventaire de mes achats, lus les journaux et un manuel d'instruction. L'heure arriva enfin, mais j'attendis le temps de deux cigarettes avant de sortir.

Ils étaient là, à l'endroit prévu, devant la vitrine de La Menorquina, face à l'entrée du métro. Carlitos me salua tristement et Soldati avait l'air impatient. Nous nous embrassâmes.

— J'ai bien cru que vous ne viendriez plus, dit Soldati.

— Je suis en retard parce que la voiture avait besoin d'un bon lavage et d'un graissage.

Il pâlit. Gardel lui demanda s'il se sentait mal. Il fit signe que non. Je les conduisis jusqu'à Frédéric, et quand nous fûmes à l'intérieur de la voiture, je le menaçai avec le .38.

— Ne m'emmerde pas, Octavio, dit Soldati. Et puis, je ne crois plus qu'il fonctionne...

— Qu'est-ce qui se passe maintenant ? demanda Gardel.

— Il se passe que l'ami Soldati ne la joue pas clean, dis-je, et qu'à cause de lui, on nous a poursuivis à travers la moitié du Maroc pour nous tuer. Mais il n'a pas daigné nous tenir au courant de ses plans !

Je ne pus résister à lui envoyer une baffe. Il baissa la tête puis la releva.

— Vous pouvez m'en envoyer une autre, je la mérite ! Et vous pouvez m'en envoyer autant que vous voulez, mais ne me jugez pas mal, Octavio, parce que vous, vous savez ce que c'est qu'une vie de merde !

Je ne le frappai pas. Je baissai mon arme et sortis de ma poche l'agenda électronique que je lui tendis.

— C'est à vous, dis-je, faites-en ce que vous voulez.

Il réfléchit un moment puis refusa :

— Je n'en veux pas, Octavio, ça a été une idée comme ça, l'espoir de gravir un escalier en or pour me retrouver à flot une bonne putain de fois. Mais je n'en veux plus.

Il me rendit l'agenda et se mit à pleurer.

— Je veux seulement que vous m'ôtiez d'un doute, Soldati. Si c'était si important pour vous, pourquoi vous ne l'avez pas emporté quand vous nous avez abandonnés dans le désert avec les pneus dégonflés ?

— Parce qu'un gaucho ne… (Il hésita et laissa tomber l'imposture.) Parce que j'ai oublié.

— Et quand vous vous en êtes souvenu, c'est là que vous êtes venu à notre secours, n'est-ce pas ?

— Ah ça non, Octavio ! C'est parce que je vous ai vus acculés et…

Je préférai le croire.

Je cherchai le parc du Retiro en me guidant sur un plan et le trafic me parut moins dense.

— Vous ne remarquez rien de bizarre ? demandai-je. Le bruit, elle ne fait plus de bruit ! C'est ça qui m'a mis sur la piste, Soldati, le bruit…

— Mais de quel bruit vous me parlez ?

Je regardai Gardel dans le rétroviseur : lui non plus ne savait pas de quoi je parlais.

— Laissez tomber, Soldati, laissez tomber.

Dans le Retiro, nous nous arrêtâmes sous la statue de l'Ange Déchu et l'Argentin, qui avait déjà oublié ses soucis, reprit son ton didactique :

— Regardez cette sculpture, Octavio. Pour autant que je sache, Madrid est la seule ville au monde à abriter une statue du Diable. Et pourtant, si vous parlez de statue à un Yankee, il ne saura citer que la petite sirène emmerdante de Copenhague, parce qu'il pensera que c'est celle de Disney. Là encore, mon pays et le vôtre se ressemblent : nous avons toutes les cartes en main pour gagner et nous perdons toujours…

— *Cuando la suerte, que es grela, fallando y fallando, te largue parao…* chanta Gardel.

— Vous, vous réglez tous les problèmes avec un petit tango, se plaignit Soldati. Mais la vie, c'est du sérieux. Vous n'avez jamais eu un rêve, quelque chose de plus important que tout ?

— J'ai eu un rêve. C'est pour ça que je suis mort en 35, répondit Carlitos. Mais vous savez ce qui se passe ? Tout bien pesé, cette histoire d'immortalité n'est qu'un foutu merdier !

— Et là, vous rêvez de tuer Julio Iglesias, dis-je. La nuit dernière, il s'en est fallu de peu.

— Comment le savez-vous ? s'écria Soldati. Oui, il s'en est fallu de peu. De peu, c'est vrai. Il se trouve que les armes étaient restées dans votre voiture et qu'ils nous ont eus. Mais à Miami, il ne nous échappera pas, ça je vous le jure, Octavio !

— Nous ? demandai-je. Vous n'avez pas dit que cette mission était une connerie ?

— J'ai dit ça, moi ? Oui... je l'ai peut-être dit. Mais si je ne trouve pas une cause en laquelle je pourrais croire, je me flingue, Octavio. La révolution s'éloigne et, comme homme d'affaires, en vérité, je ne me donne pas...

— Et votre invention ? La mémoire...

— Ne me faites pas chier, vieux. La mémoire est un préservatif qui nous protège du passé, mais qui finit toujours par crever. Quelques fois, la nuit, je me dis que j'aurais dû mourir à ce moment-là, debout, la tête haute et en regardant droit devant moi...

— C'est aussi ce que je pense, dit Gardel.

— Mais, au cours d'autres nuits, je revois toutes les femmes que j'ai connues, toutes les fois où je m'en suis sorti de justesse et toutes les folies que j'ai commises, persuadé que cela valait la peine de mourir pour elles...

— C'est un beau sentiment, dis-je.

— ... et je me dis que la justice n'existe pas et que le monde est rempli de fils de pute qui nagent dans le pognon. Et que ce serait vraiment de la malchance que je n'arrive pas un jour ou l'autre à gagner le gros lot. Vous comprenez ?

— Non. Mais je n'essaye pas non plus, ajoutai-je. Le problème, c'est que si vous voulez partir à Miami, il vous faut de l'argent, des faux papiers, tout ça…

— Des papiers, on en a ! J'ai gardé de vieux contacts et notre ami ici présent possède un passeport flambant neuf, dit-il avec un petit rire.

— Ne m'énervez pas, Soldati, ne m'énervez pas, grogna Gardel en me tendant un passeport.

Il était uruguayen, et la photo montrait un Carlitos dont la photogénie étonnante me renvoyait à mon enfance. Je ne comprenais pas sa colère, jusqu'à ce que j'arrive au nom : Razzano, José.

— Qu'est-ce que vous voulez ? s'excusa Soldati en retenant son rire. Je n'ai pas pu résister…

Je regardai ma montre, Soldati me dit qu'il était trop tôt.

— Ça dépend pour quoi, commentai-je. Vous avez vos billets ?

— Ils sont réservés, dit Gardel. On ne savait pas si vous aussi…

— Non, Carlitos. Ma route est devant moi. Et pour le moment, elle ne va pas à Miami. Mais je vais vous accompagner à l'aéroport. Ça devient une habitude.

Nous passâmes prendre les billets puis nous allâmes à la pension où ils logeaient. Ils sautèrent de joie comme des enfants devant les costumes que leur avais achetés. J'avais vu juste en ce qui concernait les tailles. Sauf pour Soldati qui avait quelques problèmes avec la longueur du pantalon. Il chercha dans sa poche un bout de fil de fer avec lequel il l'ajusta à sa taille. Il se regarda dans le miroir et m'embrassa.

— Vous êtes comme un frère pour moi ! Vous me pardonnez le coup de l'agenda ?

— Il n'y a rien à pardonner, Soldati. La vérité est que votre plan est génial, et que je n'y aurais jamais pensé.

— De quel plan vous parlez ? demanda-t-il.

Alors je leur racontai. Seulement en partie.

J'attendis dehors jusqu'à ce qu'ils entrent dans l'hôtel et y pénétrai après eux. Ils descendirent tous les quatre d'une petite Renault de location et je me dis qu'Acévez était en train de perdre la confiance de ses chefs. L'un d'eux resta près de la porte et l'autre sur le trottoir d'en face. Le Bolivien et le Noir entrèrent, protégeant la mallette de leurs corps soupçonneux. Soldati descendit le premier et je le suivis. Je caressai la portière de Frédéric. J'étais inquiet. Le chat miaula un au revoir qui sonna comme une élégie et Gardel me serra la main avec force.

L'homme d'Acévez qui gardait la porte était un Arabe de haute taille, de ceux qui m'avaient poursuivi à travers la moitié du Maroc. Il me reconnut sur le champ et redressa le dos. Je le saluai d'un sourire.

— Qu'est-ce que tu fais, le Turc ? lui dit Soldati en passant devant lui. Fais attention à la porte, fais bien attention, hein ?

Acévez et le Noir attendaient assis dans des fauteuils du hall, l'air de respectables hommes d'affaires sur le point de signer un contrat. Sauf qu'ils étaient un peu nerveux.

— Vous ne venez pas seul, dit-il en regardant Soldati.

— Vous non plus, dis-je en m'asseyant le dos au mur, comme me l'avait appris l'Argentin, qui resta debout à surveiller le Noir.

— Venons-en à nos affaires, Rincón. J'espère que vous l'avez…

— Oui. Et vous ?

Il me tendit la mallette et je l'entrouvris. Elle était pleine de billets de cent dollars. Je palpai jusqu'au fond pour m'assurer que toutes les couches étaient bien constituées de bons billets de banque et pas de morceaux de journaux. J'en sortis un et le tendis discrètement à Soldati. Il le frotta, le regarda à contre-jour, avant de hocher la tête en signe d'assentiment et de le mettre dans sa poche. Je lui remis la mallette.

— Maintenant, l'agenda, réclama le Bolivien en tendant la main.

Il avait les paumes en sueur et l'agenda glissa à terre. Quand il se pencha pour le ramasser, je vis derrière lui que le réceptionniste nous signalait à deux types aux larges épaules et au regard dur. Ils vinrent vers nous. Le Bolivien ouvrit l'agenda et commença, concentré, à vérifier des données. Les premières vérifications parurent le satisfaire, mais quand il tenta une nouvelle opération, son visage changea d'expression.

— Ça ne marche pas ! Le mot de passe ne…

— Monsieur Acévez ? lui demanda une voix courtoise.

— C'est moi, dit le Bolivien sans cesser d'examiner l'agenda.

— Police, Monsieur. Nous voulons vous parler de faux dollars et de papiers d'identité diplomatiques pas très clairs.

Acévez n'enregistra pas les paroles de l'autre, occupé qu'il était par un agenda qui n'était pas celui qu'il cherchait et pour lequel il venait de payer une montagne d'argent. Il tenta de me sauter dessus, mais le policier cru qu'il voulait l'attaquer et lui envoya un coup sec dans l'estomac. Le Noir vint à son secours pendant que l'autre policier se mêla à la bagarre.

— La mallette, imbécile, la mallette ! cria Acévez.

Soldati avait disparu, ce qui me rassura. Son plan, mon plan était qu'il n'y avait pas de plan. Je l'avais convaincu de sortir en courant avec la mallette, que je le rejoindrais et qu'il ne courait aucun danger. Je n'avais pas compté sur la police, alertée par mes achats payés avec les faux dollars, mais cela ne changeait rien au fond.

Je n'avais pas de plan pour sortir de là, parce que je ne m'attendais pas à sortir vivant de cette histoire.

— Et maintenant, qu'est-ce qu'on fait, Octavio, nom de Dieu ? demanda Soldati derrière mon dos.

L'Arabe de l'entrée s'était lancé lui aussi dans le pugilat avec les deux policiers, et dans la bagarre ils firent tomber en petits morceaux une immense jarre. Je courus vers la sortie mais je m'arrêtai en voyant la Lincoln d'Acévez d'où sortaient trois types hurlant comme les guerriers maures des films d'aventure.

— On s’est planté, dit Soldati.

Les types passèrent à côté de nous sans nous prêter attention. Un garde essaya de les arrêter. La bagarre prenait des proportions inquiétantes, les policiers n’avaient pas le dessus, mais nous ne pouvions pas rester là. Le sbire d’Acévez qui était de l’autre côté de la rue nous aperçut quand nous sortions de l’hôtel. Il hésitait.

— Qu’est-ce que tu attends, mec ? lui criai-je. Va aider ton chef !

Il entra dans l’hôtel et nous courûmes jusqu’à l’avenue.

En tournant au coin de la rue, nous vîmes que Frédéric n’était plus là.

Gardel non plus.

— Merde, qu'est-ce qu'on fait maintenant ? demanda Soldati.

— Un taxi ? proposai-je.

— Tant que nous ne revenons pas à l'hôtel…

Nous nous éloignâmes de quelques mètres. Le hurlement des pneus de la Lincoln qui prenait un tournant nous fit sursauter. Acévez nous aperçut, mais la vitesse l'empêcha de freiner. Le Noir passa la marche arrière et heurta un taxi qui sortait d'une rue. Soldati et moi partîmes en courant dans le sens contraire de la circulation. Deux des hommes descendirent de la voiture et nous prirent en chasse, pendant que le Noir cherchait un endroit où pouvoir faire demi-tour.

— Pourquoi n'êtes-vous pas parti, comme je vous l'avais dit ? demandai-je tout en courant.

— Vous me prenez pour un imbécile, ou quoi ? protesta-t-il. Vous vouliez aller au massacre et me charger d'une mort de plus ?

Nous tournâmes au coin d'une rue et nous faufilâmes au milieu des voitures. Les types s'approchaient. Je tournai à nouveau et Soldati protesta, mais je n'y fis pas attention.

Nous traversâmes une rue et il me sembla être en terrain connu.

— Vous êtes fou, Octavio ? cria l'Argentin. Vous ne voyez pas qu'on retourne à l'hôtel ?

— Ils ont un room service du tonnerre, répondis-je.

Les autres étaient plus jeunes que nous et je crois que s'ils ne nous tirèrent pas dessus, ce fut pour ne pas attirer l'attention. Je pris encore à gauche. Si je devais tomber, autant que ce soit devant la porte de l'hôtel où j'avais vécu mes heures les plus élégantes. Et devant la porte, Frédéric nous attendait.

— J'ai failli me faire embarquer pas la fourrière, dit Gardel pour se justifier.

Je voulus fermer la portière, mais un des malfrats tirait de son côté pour l'ouvrir. Je lâchai brusquement et il tomba en arrière.

— Accélérez, Carlitos ! hurla Soldati.

Nous sortîmes sur l'avenue et faillîmes rentrer en plein dans la Lincoln qui arrivait en face. Acévez réagit le premier et nous tira dessus depuis l'intérieur de la voiture. La balle ricocha sur le toit et Jorge Luis miaula de terreur.

Je relevai le .38 et visai la tête du Bolivien, qui ouvrit la bouche.

Je pressai sur la détente. Un petit clic, ridicule et étouffé, se fit entendre. Gardel accéléra et la voiture s'arracha en rayant tout le côté de la Lincoln. On entendait les hurlements des sirènes de plus en plus proches. A une centaine de mètres, nous croisâmes des voitures de police qui fonçaient vers l'hôtel.

— Laisse-les passer, Carlitos, dis-je. Il faut savoir aider.

Je cherchai la direction de l'aéroport de Barajas et Soldati proposa une cigarette pour fêter ça. Il pâlit en fouillant dans la poche de son veston.

— Quel idiot ! Les billets d'avion. Ils ont dû tomber de ma poche à l'hôtel !

— Ça ne fait rien, dis-je en ouvrant la mallette. En donnant vos noms, ils vous les remplaceront sûrement. Sinon, ici, il y a de quoi payer plusieurs voyages.

Je partageai l'argent en quatre tas et j'en donnai un à chacun. Jorge Luis renifla les billets d'un air dégoûté. Je sortis de mon sac l'enveloppe rembourrée que j'avais achetée dans l'après-midi et j'y glissai un des tas. Dessus, j'écrivis l'adresse de Gracita et, avant de la refermer, j'ajoutai un mot :

"Pour une princesse. Les rêves ne s'achètent pas, mais peut-être qu'on peut trouver de quoi les remplacer au Corte Inglés. Un baiser. Octavio."

— C'est quoi ? demanda Soldati en montrant l'enveloppe.

— Un service, Soldati. Quand vous serez à l'aéroport, je voudrais que vous postiez cette enveloppe. Et cette fois-ci, ne me faites pas faux bond, d'accord ?

Il reçut son paquet d'un air solennel et jura qu'il ferait ce que je lui avais demandé. Gardel, qui avait conduit en silence pendant tout ce temps, se frappa le front de la paume de la main :

— Je sais ce qui me rend dingue depuis tout à l'heure ! Vous vous rendez compte que s'ils ont trouvé les billets, maintenant ils savent où nous allons ? Ils ont même l'heure du vol ! S'ils ont réussi à échapper aux flics, ils vont nous suivre jusqu'à Barajas…

— Ça, vous pouvez me laisser m'en occuper, les tranquillisai-je.

Soldati regardait à travers la lunette arrière, mais la Lincoln était invisible.

— Bizarre ! dit-il. J'ai l'impression que ce nuage nous suit depuis cet après-midi au Retiro. Faites pas attention… Je suis bête… Un nuage…

Je ne regardai pas, je savais de quel nuage il s'agissait. Mais le fait qu'ils puissent le voir m'inquiéta, parce que cela signifiait que la vengeance les concernait eux aussi. Je demandai à Gardel d'aller plus vite, mais je savais bien que le nuage nous suivrait jusqu'au bout.

Il entra en même temps que nous à Barajas.

— Embrassez-moi, mon frère, demanda Gardel.

Je l'embrassai.

— Dire que quand je vous ai rencontré au Maroc, je vous ai pris pour un pauvre type, dit-il.

— On s'améliore. Vous étiez un hippie vieillissant et maintenant vous avez l'air d'un monsieur. Si Julio Iglesias vous rencontre, je suis sûr qu'il vous demandera un autographe.

Soldati revint avec les nouveaux billets.

— Quelle *piba* sympathique, celle du comptoir, *che**. Et avec de ces nichons… Si on avait pu rester encore une nuit…

— Le Bolivien nous cherche, dis-je. Ne regrettez rien, Miami est plein de femmes. Vous avez posté mon paquet ?

— Vous ne me faites pas confiance, Octavio ?

Nous nous embrassâmes.

— Et vous, qu'allez-vous faire maintenant ? me demanda-t-il.

* Expression argentine qui ponctue les phrases et a donné son surnom à Ernesto "Che" Guevara.

— Moi, je m'en vais. Avant qu'ils n'arrivent. Je risque sûrement de les rencontrer au premier croisement de chemins.

— Faites attention, dit-il. Le Bolivien a l'air rancunier et il voudra prendre sa revanche.

— Il n'y a pas de revanche, Soldati. Il n'y a que des allers sans retour. Vous m'avez appris ça à Marrakech.

— J'ai dit ça, moi ? Ne faites pas trop attention à ce que je raconte, quand je bois plus d'un whisky, je me mets à dire des bêtises…

Il m'embrassa de nouveau et ne me quitta pas du regard tandis qu'ils marchaient vers le contrôle. Tout d'un coup, avant d'y arriver, il frappa le sol de son pied en secouant la tête comme un vieil enfant capricieux et grisonnant, qui doit faire ses devoirs même s'il n'en a pas envie.

Il sortit de son sac l'enveloppe pour Gracita et courut jusqu'au bureau de poste.

Je n'attendis pas son retour.

Je cherchai Frédéric et le chat miaula un reproche en me voyant arriver. Je roulai jusqu'à la sortie du parking et m'arrêtai pour regarder mon nuage. La Lincoln passa devant moi, en direction du terminal.

Je regardai ma montre. Il restait une demi-heure avant l'embarquement, mais ils avaient déjà atteint la zone réservée aux passagers. Je savais qu'Acévez était capable de n'importe quoi pour y accéder.

J'hésitai et ils me virent. D'abord le Noir assis à l'arrière. Il écarquilla les yeux et ouvrit la bouche avec l'expression d'Al Johnson dans un film que je n'avais jamais vu.

J'appuyai sur l'accélérateur et sortis en évitant les voitures. Je choisis de m'éloigner de Madrid, mais je compris très vite que ce serait une erreur. Je regardai dans le rétroviseur extérieur et je vis la Lincoln que suivait mon nuage. Je cherchai en vain un endroit où faire demi-tour.

Mes yeux allaient du rétroviseur à ma montre : le trafic était dense et chaque minute qui passait les éloignait de mes amis tout en les rapprochant de moi. Je regrettais la compagnie du bruit de Frédéric. J'essayai de doubler le plus de voitures possible, tout en parlant au chat sans penser à ce que je disais. Je crois que je lui racontai l'histoire d'un garçon triste, qui avait peu de jouets et un conte dont il ignorait la fin, le conte d'un pianiste aux doigts muets et dans la tête, une chanson qui pourrissait. Jorge Luis me regardait comme regardent les chats, sans compromettre leur sagesse avec nos folies. Je réussis à passer un feu à l'orange, ils étaient très près, mais durent s'arrêter au rouge. Frédéric toussa et le voyant rouge du tableau de bord signala qu'il n'y avait plus d'essence.

J'accélérai un maximum et quand le moteur cessa de tourner, je me laissai emporter par la force d'inertie. La voiture s'arrêta sur le bord de la rue et je compris que c'était la fin. Le vieil Octavio me le disait, il me le répétait depuis la sieste à Marrakech, mais je l'envoyai se faire foutre. J'enfermai le chat dans mon sac de voyage, je pris la mallette et partis en courant sur le bas-côté.

Je ne regardai pas derrière moi, je ne voulais pas les voir ; je préférai le coup de revolver dans le dos.

Le chauffeur du camion de déménagement me vit arriver et laissa tomber le pneu qu'il était en train de changer. Il leva les mains et je compris que je brandissais le .38 inutile. Il se sauva derrière des buissons et, en voyant la portière ouverte, je n'hésitai pas. Je grimpai dans la cabine au son des lamentations de Jorge Luis, je démarrai et sortis de là comme je pus, entraînant le cric hydraulique. Le type me cria ce qui me sembla être un avertissement mais je ne pouvais pas l'entendre. Le camion était à peine plus grand que celui de Soldati, mais il était en meilleur état et disposait d'un grand rétroviseur latéral. Dans le miroir apparurent la Lincoln et mon nuage. Je pris une déviation par un chemin de terre et perdis le contrôle. La direction ne répondait plus et le camion déviait sur le côté, ce qui ne m'empêcha pas d'accélérer. Derrière, le chargement brinquebalait et cognait les parois du véhicule. A un carrefour, je tournai à gauche sans freiner et une grande caisse en bois tomba du camion sur la route. Je réussis à redresser le volant. J'entendis une explosion, et quelque chose rebondit sur la carrosserie. Ils étaient à ma hauteur ; les yeux du Noir luisaient comme deux phares. J'étais secoué comme dans un panier à salade et je vis dans le rétroviseur qu'une des roues arrière suivait son propre chemin. Nous arrivâmes à un nouveau carrefour ; le camion zigzaguait d'un côté à l'autre de la route, tandis qu'ils réussissaient à me doubler et arrêtaient la voiture en travers du chemin juste devant moi. Les freins ne répondaient plus. Le camion poussa la

Lincoln jusqu'à dans le ravin, mais je réussis à dévier au dernier moment. Je coupai le moteur. Le camion poursuivit sa course folle et finit par s'arrêter sur le bas-côté. Il tenta de grimper la côte et se renversa mollement. A travers le pare-brise, le monde m'apparaissait sous un angle inhabituel, et je vis la Lincoln qui continuait à faire des tonneaux dans le ravin. Elle n'explosa pas comme dans les films, mais ses occupants demeurèrent hors de combat pendant un moment. J'étais désolé pour eux et je sortis par la fenêtre du passager. Jorge Luis était intact dans le sac. Mon cœur battait follement. Je cherchai une cigarette et trouvai l'agenda du Bolivien. Je le sortis de ma poche et l'examinai. Je ne comprenais pas comment quelque chose de si insignifiant pouvait valoir autant.

— Donnez-moi ça, dit la voix d'Acévez.

Ses cheveux gras lui tombaient sur la figure, il avait la lèvre fendue et ses vêtements étaient déchirés.

Il me visait avec un automatique.

— Ça, demandai-je en lui montrant l'agenda. Je le regardai avec dégoût et le jetai en l'air.

Le Bolivien cria "A moi !" comme au football, et essaya de l'attraper au vol. Ce qu'il réussit à faire en poussant un hurlement de triomphe, mais, lorsqu'il se tourna vers moi, il vit que je le visai avec le .38. Il éclata de rire et me mit en joue avec son automatique. J'étais fatigué, très fatigué.

Je fermai les yeux, appuyai sur la détente et le monde éclata en quatre morceaux qui tombèrent sans vie.

L'un des morceaux était Acévez.

Je m'approchai de lui et ne pus m'empêcher de sourire. La balle avait traversé l'agenda qui n'était plus qu'un morceau de plastique tordu. Je ramassai mon sac et la mallette et m'éloignai.

Puis une grosse explosion se fit entendre en provenance du ravin où était tombé la Lincoln.

— Après tout, il arrive que les choses se passent comme dans les films, dis-je à Jorge Luis.

Un véhicule de la Guardia Civil passa en direction de la voiture accidentée, suivie d'un camion de pompiers et de quelques curieux. Personne ne remarqua le petit homme qui marchait sur le bas-côté, un sac sur l'épaule. Au carrefour suivant, je m'arrêtai près de la caisse tombée du camion. Quelque chose me revint à l'esprit et je regardai ma montre. C'était l'heure. Je regardai en direction de l'aéroport et la silhouette d'un avion traversa le ciel et explosa mon nuage.

— Bonne chance, les gars, dis-je.

Je restai debout au bord du carrefour en fumant une cigarette.

Une voiture déglinguée s'arrêta plus loin dont une femme blonde et mince descendit. Elle me regarda avec curiosité et marcha vers moi. J'écartai quelques planches de la caisse jusqu'à laisser son contenu à découvert. Le piano avait un pied cassé et le couvercle était fendu. Je mis mes doigts sur le clavier et les laissai parler. Ils me parlèrent sur l'air de *Casablanca*, mais poursuivirent avec les accords de *El día que me quieras*.

Le chat sauta hors du sac et me regarda.
La fille était près de moi.
— Salut, Ingrid, lui dis-je. Je t'attendais.

ÉPILOGUE

Yo a tu lado quisiera caer,
Y que el tiempo nos mate a los dos.

FILIBERTO/CORIA PEÑALOZA
Caminito

L'homme salue mais les applaudissements ne lui procurent plus aucune émotion. Ce sont comme des ficelles qui le tirent vers la scène et l'obligent à y revenir et à saluer en un rituel qui n'en finit pas. Il aperçoit les choristes et les danseurs, et il se dit que ce sont les seules choses réelles, face à ces lumières bruyantes qui ne cessent d'applaudir.

"Un jour de plus", pense-t-il et il pense que c'est aussi un jour en moins.

Cette idée lui suggère une chanson, mais il est fatigué et l'éloigne de son esprit. Il va vers sa loge en traversant les groupes de ses admirateurs qui lui tapotent l'épaule comme s'il ne savait pas la vérité. Il accélère le pas parce que sa solitude l'appelle et qu'il veut lui répondre. Un miroir appuyé contre un mur l'arrête et il se regarde. Son costume est parfait, mais sa peau se marque. La rumeur du public quittant le théâtre lui fait penser au vide.

Les théâtres vides le terrorisent.

Il essaye un sourire séducteur et ne produit qu'une grimace fatiguée. Il cherche sa loge et écarte d'un geste les journalistes qui se sont agglutinés dans le couloir. Il sent des chatouillements dans la paume des mains, comme lorsqu'il jouait au foot et que la proximité d'un attaquant le forçait à prendre une décision sans essai ni répétition. S'il n'arrêtait pas le ballon, c'était le but assuré. Il avait beaucoup de rêves et la vie devant lui, pensait-il. Il se retourne et contemple son ombre allongée qui se perd dans la pénombre du couloir menant à la scène, comme si elle cherchait à recueillir les applaudissements tombés sur le sol. Il continue à avancer mais n'arrive pas à se défaire de l'image du visage ridé aperçue dans le miroir.

"Je ne veux pas mourir, se dit-il. D'ailleurs, je ne peux pas, ajoute-t-il. Demain, j'ai un gala et j'ai signé un contrat." Demain aussi, il remplira la salle. La ville parle de lui, toutes les villes. Mais les villes sont d'énormes tas de pierres et les pierres ne vieillissent pas. Il arrive à sa loge en pensant que ce n'est pas demain qui l'effraie, mais après-demain. S'il y avait un moyen d'arrêter le temps, de l'acheter pour qu'il passe au large. La vieillesse, ce n'est pas le pire, se dit-il. Le pire, c'est le silence. Il salue distraitement le robuste vigile, qui lui rend son salut et se tient raide comme un militaire. "S'il y avait un moyen", se répète-t-il tout en saisissant le loquet de

sa loge, et il réalise avec une pointe d'inquiétude que la tête de ce vigile pompeux aux cheveux gris ne lui dit rien. Il n'a pas aperçu non plus ses hommes, mais ils sont sans doute dans les parages.

Il ouvre la porte, et la première chose qu'il voit, c'est le sourire inimitable.

— Oui ? demande Julio au sourire.

Le sourire ne répond pas.

REMERCIEMENTS

A dix ans, j'ai décidé que je voulais être écrivain, et à onze ans, j'ai compris que ce ne serait pas facile. Déjà à cette époque, je rêvais que mes romans seraient traduits en d'autres langues, et spécialement dans cette langue française que j'ai appris à aimer durant mon adolescence et dont j'ai peu à peu perdu l'usage par manque de pratique.

Avec ce livre, le rêve devient réalité.

Pour cela, *merci* :

A Judith Vernant, de Moisson Rouge, qui a parié sur cette histoire de loosers qui deviennent des gagnants.

Au jury du Memorial Silverio Cañada qui a partagé le voyage de mes personnages bien au-delà des barrières du genre.

A Paco Ignacio Taibo II et à toute l'équipe qui rend possible, chaque année, le miracle de la Semana Negra de Gijón, vraie République démocratique des lettres face à la tyrannie élitiste des salons.

A mon professeur Nancy Iriarte qui, lors de mes quinze ans dans un collège de Patagonie menacé par l'imminence de la dictature militaire, m'a appris que voler des voitures était bien moins amusant que lire des livres.

A Gonzalo Torrente Malvido, qui entre un verre de vin et un autre verre de vin, m'a redonné le goût de les écrire.

Et, bien sûr, à Daniel Martínez et Pablo Mazo, mes éditeurs espagnols de Salto de Página. Sans leur confiance et leur enthousiasme, Octavio Rincón continuerait à errer dans le désert des livres morts-nés, poursuivi par son nuage.

Madrid, mars 2009.

BABEL NOIR

Extrait du catalogue

30. JEAN-PAUL JODY
    Stringer
31. ANNE SECRET
    La Mort à Lubeck
32. SERGE QUADRUPPANI
    Colchiques dans les prés
33. KJELL ERIKSSON
    Le Cercueil de pierre
34. PETER MAY
    Jeux mortels à Pékin
35. LUIS ALFREDO GARCIA-ROZA
    Bon anniversaire, Gabriel !
36. JULIA LATYNINA
    La Chasse au renne de Sibérie
37. STIEG LARSSON
    Millénium I – Les hommes qui n'aimaient pas les femmes

COÉDITION ACTES SUD – LEMÉAC

Achevé d'imprimer en septembre 2010 par Normandie Roto Impression s.a.s. 61250 Lonrai sur papier fabriqué à partir de bois provenant de forêts gérées durablement (www.fsc.org) pour le compte d'ACTES SUD, Le Méjan, Place Nina-Berberova, 13200 Arles.
Dépôt légal 1re édition : octobre 2010.
N° impression : 103288
(Imprimé en France)